菖蒲ちまき

木挽町芝居茶屋事件帖

篠 綾子

時代小説文庫

角川春樹事務所

本文デザイン／アルビレオ

目次

本書は、ハルキ文庫のために書き下ろされた作品です。

菖蒲《しょうぶ》ちまき

木挽町芝居茶屋事件帖

第一幕　茗荷と物忘れ

一

暦が夏を迎えて間もない四月の半ば。

「さあさ、今日は風味のいい茗荷《みょうが》が入ってますよ。茗荷尽くしの献立なんていかがです。茗荷の甘酢漬け、茗荷と鰹節《かつおぶし》のご飯、茗荷と玉子入りの味噌汁《みそしる》など、取りそろえております」

喜八《きはち》は開け放して風の通りをよくした戸口に立って、道を行く人々に呼びかけた。芝居小屋へ向かおうとしていた夫婦者らしい二人連れが足を止め、

「芝居までは間があるし、軽く食べていこうか」

と、暖簾《のれん》をくぐってくれる。続けて、武家に仕える中間《ちゅうげん》と見える男がちらと中をのぞい

た後、店へ入ってきた。

「いらっしゃいませ」

喜八は新たな客たちを迎え入れると、夫婦者の相手を弥助《やすけ》に任せ、自分は中間風の男の席に向かった。

「お客さんは初めておいでくださったんですよね」

喜八が話しかけると、男客は「ああ」と答える。

「どうぞ、これからもご贔屓《ひいき》に願います」

初めての客には挨拶《あいさつ》代わりに、名を訊《き》くことが多い。特に女客にはそうしていたが、その態度が馴《な》れ馴れしいと嫌がられたことは一度もなかった。むしろどの女も嬉《うれ》しそうに顔を綻《ほころ》ばせるのが常だが、さすがに男となると事情が違う。仕事の途中で立ち寄った場合など、あれこれ探られたくないこともあるだろう。だから、明らかに芝居見物に来たと分かる場合を除き、会話の中身には気をつけるようにしていた。

この客も仕事ついでと見えたので、余計な雑談はせず、

「何にいたしましょうか」

と、注文を訊いた。

「そうだなあ。さっき、茗荷のことを言っていたけど……」

男客は店の壁に貼り出した品書きを見やりながら呟《つぶや》いた。

「はい。茗荷の品はあの辺りにまとまって」

喜八は男客の右手の壁の一部を示した。

「ふうん、茗荷の炊き込みご飯もあるんだな」

「はい。炊き立ての白飯に茗荷と鰹節をのせて、醬油《しょうゆ》をちょちょっと振りかけるのもいいですが、飯と一緒に炊き込んだ茗荷は、柔らかな味わいをお楽しみいただけるかと――」

客に説明しながら、「これがなかなか、どっちも捨てがたいんだよな」と喜八はひそかに思っていた。常連客であれば、ぜひどっちもお試しくださいと勧めたいところだ。

「なら、炊き込んだ飯をもらおうか。味噌汁は茗荷と焼き茄子《なす》のもの。それから――」

客はお菜を何にしようか迷っているようだ。

「お客さんは茗荷がお好きで？」

「ああ。餓鬼の頃はそうでもなかったんだが、茗荷にくわしい知り合いがいてね。実家が農家で、茗荷も作ってるって話だったが、そいつに勧められて食べるうち、好物になっちまった。この季節はどうもこいつが欲しくなる」

「でしたら、茗荷と茄子の和え物などさっぱりしておりますし、茗荷の衣揚げもさくっとしてなかなかですが」

喜八が勧めると、客は「うん」とうなずき、その両方を注文した。

「ありがとうございます。少々お待ちください」

喜八は客の席を離れ、暖簾で仕切られた奥の調理場へと向かった。そこでは、料理人の松次郎《まつじろう》が黙々と茗荷を刻んでおり、傍らの笊《ざる》にはつやつやした茗荷がいくつも載っている。ちょうど弥助も注文を取ってきたところだったが、夫婦者も飯と味噌汁は茗荷入りのものを頼んだそうだ。

「茗荷の注文が多いな」

「そうですね。松のあにさんがいろいろと献立を考えてくれたんで助かりました。やはり、お客さんは季節のものを召し上がりたいでしょうから」

と、弥助が応じる。松次郎は聞こえていないわけでもなかろうが、自分の名が出てきても会話に加わらず、手を止めることもない。もともと口数が少ない松次郎のことなので、喜八も気にせず、弥助と話を続けた。

「うちの茗荷の献立は添え物って感じじゃなく、ちゃんと主役を張ってるからな。そこがいいんだよ」

「こないだの芝居の若のようですね」

弥助がめずらしく軽口を叩《たた》いた。こないだの芝居とは、今、山村座《やまむらざ》でかかっている『竹《たけ》田《だ》の里血風譚《さとけつぷうたん》』にちなんだ一日限りの舞台のことだ。その初日前日の芝居小屋で、とある事件解決のため『恋重荷竹田決闘《こいのおもにたけだのけっとう》』と称してかけられた。その時、主役を演じたのが喜八、敵役《かたきやく》を演じたのが弥助だったのである。

「おいおい、余計なことを思い出させないでくれよ」

自分は役者ではない、各方面から勧められてはいるものの役者になる気はない――という思いをこめて、喜八は言った。

「……はあ。しかし、主役とおっしゃったのは若ですが」

弥助が澄ました顔で返してきたものの、本気で喜八を言い負かそうとはしてこない。そこは、幼い頃からずっと一緒に過ごしてきた二人の関係によるもので、弥助は喜八にとって、兄のようであり、最も信頼できる仲間であり、常に自分の楯《たて》になってくれる男でもあった。

もっとも、楯になってほしいと喜八が望んだことは一度もない。これは、喜八の亡き父大八郎《だいはちろう》がかささぎ組の頭《かしら》であり、弥助の父百助《ひゃくすけ》がその一の子分であったことによるものだが、かささぎ組も今はない。だから、いつまでも俺の楯になろうと思わなくていい――と弥助に伝えたいところだが、どう言えばいいのか分からない。弥助の気持ちがありがたくないわけではないし、下手に言えば、弥助を傷つけるのではないかとも思える。

こうしたもやもやした思いは常に喜八の胸にあったが、この時はすぐに別のことに気持ちを持っていかれた。

暖簾越しに戸口に立つ客の気配を感じたからだ。出迎えに行こうとした喜八の目に飛び込んできたのは、常連のおあさと連れのおくめであった。

「やあ、おあささんにおくめちゃん、いらっしゃい」

喜八は笑顔になり、二人を席へ案内しようとした。

「あ、あたしたちはすぐに失礼するから」

と、おあさは座ろうとせずに言う。

「お弁当を二人分、頼みたくて。用意してもらえますか」

「ああ、大丈夫だよ。今日は二人して芝居小屋で弁当を？」

「ううん、あたしたちじゃなくて、お父つぁんと六之助《ろくのすけ》さんの分」

山村座の『竹田の里血風譚』を書いた狂言作者、東儀左衛門《あずまぎさえもん》はおあさの父である。自作の芝居の興行中は芝居小屋に詰めているそうだが、ゆっくり昼餉《ひるげ》を食べている暇がないので、弁当を買ってこいということになったらしい。

「山村座の方でも用意してくれるそうなんだけど、お父つぁんはかさざぎのお料理がいいって、駄々をこねて」

おあさは苦笑を浮かべながら言った。

「へえ、そりゃあ、ありがたいな」

喜八は礼を述べ、弁当の中身を尋ねた。

「今は、前に出してた『三《み》つ巴《どもえ》』みたいな弁当はやってないんだけど、お好みで詰めさせてもらうよ」

「ええと、お父つぁんは適当に見繕ってくれって言ってたんだけど」

自分のものでないため、おあさもすぐには決めかねる様子で、壁の品書きに目を細めている。おあさは目が悪いので、品書きが見えにくいようだ。

「今日は茗荷がたくさん入ってるんだけど、東先生が嫌いでないなら、茗荷尽くしの弁当なんてどうだろう」

喜八が言うと、おあさは目を戻して笑顔になった。

「お父つぁんは茗荷が大好きよ。じゃあ、それで頼むわ。六之助さんの好みは知らないけど、特に食べられないものはないと聞いているから、同じでいいでしょ」

「六之助さんは甘いものがお好きですよ」

おくめが横から言い添えたので、「じゃあ、茗荷の甘酢漬けは入れさせてもらうよ」と喜八は言い、できるまでの間、空いている席に腰かけているように勧め、再び調理場へと戻った。入れ替わりに、弥助が二人に冷たい水を持っていく。

「東先生と六之助さんへの差し入れ弁当を頼むよ。東先生は茗荷が好きらしいから、茗荷尽くしでさ」

甘酢漬けは入れてほしいが、あとは任せると言うと、松次郎は「へえ」と返事をし、他の注文をこなしがてら、弁当用の竹籠を用意し始めた。

その鮮やかな手さばきに見とれていると、客席の方が少し騒々しくなった。また新たな客が来たのかと暖簾を割って出ていくと、今入ってきたばかりの男を弥助が応対しているところであった。

三十路《みそじ》ほどの客は前垂れを着けたままであり、明らかにどこかの店の奉公人と見える。

（あの格好はどこかで見たような……）

と思っていたら、その男の声が耳に飛び込んできた。

「巴屋《ともえや》の者ですけどね。主人の言づてがあるので、若旦那《わかだんな》を出してくださいよ」

と、弥助に訴えている。

巴屋とは、芝居小屋の近くにいくつかある芝居茶屋の一つだが、小茶屋であるかささぎとは違い、二階建ての大茶屋である。

この店の主人は仁右衛門《じんえもん》というのだが、用心棒を雇いたがっていて、前に弥助を引き抜こうとしたことがあった。その件はきっぱりと断っているが、仁右衛門は不快を隠さず、挙句は喜八と弥助を逆恨みする始末。

喜八たちも気分を害した一件だが、仁右衛門の横柄な態度には何か裏がありそうな気もして、今、その素性に探りを入れているところだ。

「この店を任されてるのは俺だけど、巴屋の旦那が俺に言づてがあるのかい」

喜八は巴屋の奉公人のそばまで行って声をかけた。

「ああ、おたくが若旦那ですか」

じろじろと喜八を見つめてくる眼差《まなざ》しは遠慮がない。

「あたしは巴屋の手代《てだい》の新吉《しんきち》といいますが、うちの主人が若旦那と話がしたいと言ってましてね。足を運んでもらいたいんですが」

新吉はまくし立てるように言った。弥助がもの言いたげな眼差しを向けてくるのが分かる。言い返すなり、追い出すなりしたいところなのだろうが、喜八を差し置いて行動するのを控えているようだ。

「御覧の通り、俺も仕事があるんでね。体の空いている時でなけりゃ行けないけど」

喜八は落ち着いた声で答えた。

「それは、うちの主人も分かっておりますよ。今日はずっと店にいるから、手の空いた時に来てほしいと言っていました」

「なら、そうさせてもらいますとお伝えください」

喜八は、話は終わりだというつもりで言ったが、

「俺もご一緒させてもらいますけど、かまいませんよね」

と、弥助が割って入った。その目は新吉の方に向けられている。

「さあ、あたしは若旦那に伝えろって言われただけなんで」

新吉はそっけなく言った。

「なら、ご一緒させてもらいます」

弥助は有無を言わせぬ調子で言い、新吉は好きにしろというふうに、弥助から目をそらした。その新吉の目が、茗荷と鰹節のご飯を食べていた客のもとで止まり、それから壁の品書きの方へと動いた。

並べられた品書きを追っていた新吉の目が、ある場所で止まる。茗荷の品が並んでいるところであった。

「ほほう」

新吉が感心するような、馬鹿にするような呟きを漏らした。それからゆっくりと目を喜八の方へと戻す。

「この店では、客を物忘れにさせたいらしいな」

勝ち誇ったような様子で、新吉は言った。

二

茶屋の中がざわざわし始めた。新吉の言葉が水面《みなも》に投じられた石のように、波紋を広げている。

「新吉さんとおっしゃいましたね。何を根拠にそのような言いがかりを?」

喜八が問うと、新吉はそれを待っていたとばかり、しゃべり出した。

「茗荷料理ですよ」

新吉は自信たっぷりに言った。

「この店では、あんなにたくさんの茗荷料理を出している」

と、新吉は壁の品書きに目をやり、言葉を継いだ。

「茗荷を食べると、人は物忘れになるという。まあ、ほんの少し、うどんやそばに添えて食べるくらいなら、どうってことありませんが、続けてたくさん食べると、物忘れがひどくなるんです。料理を扱う店の者なら弁《わきま》えておくべきことでしょうがね」

ちなみに、巴屋では主人の命令により、茗荷は食材として使っていないのだと、新吉は聞こえよがしに言った。

「お客さんが食事をなさっている時に、気分を害するようなことを言わないでいただけますか」

弥助が新吉の方に一歩進み出て言う。新吉の背は弥助の目の辺りくらいまでしかなかったが、そうやって威圧するように立たれても、新吉はまったく怯《ひる》まなかった。

「気分を害すること？」

新吉はとぼけて訊き返した。

「うちの品のことで、あれこれおっしゃることですよ」

「あたしは茗荷という食材についてしゃべっただけですよ。何も口から出まかせを言ったわけじゃない。そういうふうに言われてるのは、他の方だってご存じなんじゃありませんか。何だったら、ここのお客さん方に訊いてみればいい。どうです、皆さん。茗荷を食べると物忘れになるって、耳になさったことはありませんか」

新吉は大きな声で、店中の客たちを眺め回した。客たちの箸《はし》を持つ手が次第に止まっていく。彼らの眼差しは新吉に吸い寄せられていた。

「そういや、大して気にかけてなかったが、聞いたことがあったかもしれない」

自信なさそうに言い出した男客がいた。

「あたしも聞いたことはあるけど、そんなの迷信だとも言うしねえ」

と、中年の女客は新吉に疑いの目を向けて言う。

「お、俺は聞いたことがねえぞ。だから勧められるまま、茗荷の料理ばっかり頼んじまった」

「俺もだ」

「あたしも……」

すると、まるでこの時を待っていたかのように、

「そうそう。ここの店は料理人が元町奴《まちやっこ》なんでしたっけ」

と、新吉はここぞとばかりに声を張った。

「そのことをお客さんたちに忘れさせようって料簡《りょうけん》で、茗荷料理をたくさん出しているっ

てことですかねえ」

新吉が粘りつくような声で続けたその時、

「だから、何だっていうのよ」

思わぬ方向から声が上がった。店の端の席に座っていたおあさはすでに立ち上がっている。

「そのことは、前に鬼勘《おにかん》……じゃなくて、中山勘解由《なかやまかげゆ》さまがこちらの料理人さんを捕縛《ほばく》しようとした時、騒ぎになったから、皆、知っているわ。でも、その捕り物は勘違いによるもので、ちゃんと犯人はお縄になった。皆、それを分かっているし、こちらのお料理の味がいいから、こうして足を運んでいるのよ。今さら、誰かに忘れてもらわなくちゃいけないことなんて何もないわ」

おあさの言葉に反対の声を上げる客はいなかった。また、料理人が元町奴だったことはすでに知られていたから、誰もが何を今さら――という眼差しである。そのことに気づいたのか、

「ああ、そうですか」

と、新吉は面白くなさそうに言い捨てた。しかし、

「まあ、その話はどうでもいい。けどね、茗荷が物忘れさせるってのは本当ですよ。こんな話もありますから、一つご披露しましょう」

と、再び客たちの顔を見回した時には、すっかり余裕を取り戻していた。

「東海道《とうかいどう》のとある宿に金を持った飛脚《ひきやく》が泊まったんです。宿の主人はそれが大金であると知り、手に入れたくなってしまった。だが、根っからの悪党でもなかったから、盗むとか男を殺して奪うとか、そういう悪事を働く度胸はない。そこで考えるわけです。茗荷をいっぱい食べさせて、荷物を預けたことを忘れさせてしまえばいいってね。そうして客に茗荷のご飯、茗荷の味噌汁に茗荷茶と、茗荷をたらふく飲み食いさせた。そうしたら、客は荷物を預けたことを忘れて、宿を出ていったそうです」

「何だってえ。そんなにすぐ物忘れになっちまうのかい？」

客の一人が驚きの声を上げる。料理人の出自の話より、やはり茗荷の物忘れの方が気にかかっているようだ。

「そんなの、迷信よ」

と、おあさが再び叫んだ。

「世の中に茗荷を食べる人なんて山ほどいるわ。その人たちが物忘れになっているなんて話、聞いたこともない。あたしのお父つぁんだって茗荷が大好きだけど、別に物忘れがひどいなんて思ったことないもの」

「もちろん、人によるでしょうよ。同じ時に風邪をひいたって、重くなる人もいれば、軽くて済む人もいる。それとおんなじだ。茗荷に強い人だっているでしょうし、弱い人だっているんですよ。けど、自分が強いか弱いかなんて分からないでしょ。確かめることだってできない。だから、うちの店では、誰もが安心して食事を召し上がっていただけるように、茗荷はお出ししていないんです。これもお客さんを第一に思えばこそ……」

新吉が得々としゃべり続けていたその時、

「いや、まあ、茗荷を食べたら物忘れになるっていうのは、そちらのお嬢さんの言う通り、迷信だと思いますよ」

と、言い出した客がいた。

先ほど、喜八が注文を取った武家の中間と見える男である。

「まず、そちらさんがおっしゃってた東海道の宿の話なら、あっしも聞いたことがあります。確か、その宿は近くに茗荷がたくさん生えているので、茗荷宿と呼ばれていたんじゃなかったですかね。けど、宿の主人は物忘れになるのを恐れ、自分は茗荷を食べないようにしていた――そんな話じゃなかったでしょうか」

中間の男は静かな声で告げた。新吉が言葉を返さないのを見て、中間の男は先を続ける。

「けど、この話には続きがあったはずですが、それはご存じないので？　それとも、あえて伏せられたってことでしょうか」

新吉が目を白黒させて動揺を見せる。それは、無知を指摘されて動じているようでもあり、わざと隠していたことを暴かれて慌てているようにも見えた。

「続きがあるって、どういうことなんです」

先ほど驚きの声を上げた男客が、中間の男に目を向けて訊いた。

「よろしければお話ししますよ」

そう言って、中間の男は語り継いだ。

「確かに、飛脚は預けていた金を置き忘れたまま、宿を発《た》つんです。茗荷宿の主人は金が手に入ったと大喜びするんですが、少ししたら飛脚が忘れ物をしたと戻ってきましてね。ちゃんと預けた金を取り戻して立ち去るんですよ。その後、宿の主人の方は何か忘れてやしないかと、頭を捻《ひね》るんですが、やがて思い出すんです。『ああ、宿代を払ってもらうのを忘れてた！』ってね」

中間の男が声色《こわいろ》も変えて、宿の主人のせりふを言うと、客たちの間から笑い声が上がった。喜八も感心しながら笑ってしまった。この中間の客は人の心をつかむのに長《た》けている。役者になったら向いているんじゃないかと、妙なことを考えてしまう。

とにかく、この中間の男客のお蔭《かげ》で、店の中の険悪だった雰囲気は一変した。笑っていないのは、口惜しそうに顔をゆがめた新吉だけである。

「それじゃあ、茗荷には物忘れをさせる力なんかないってことなんですね」

喜八は中間の男客に尋ねた。

「そうですね。気をつけて茗荷を食べないようにしていた主人が物忘れをしているわけですから」

「それじゃ、どうして茗荷は物忘れをさせる食材だなんて言われ出したのか」

喜八は首をかしげたが、

「理由が分からないから、迷信なんでしょ」

と、続けた中年の女客の顔色はすっかり明るくなっている。すると、

「まあ、迷信には違いないんですが、理由はあるらしいですよ」

と、中間の男客が言葉を返した。

「あら、その理由ってのもお聞かせいただきたいわ」

と、女客がどことなく繕った声色で言う。

「ええ、いいですよ。この迷信はどうやらお釈迦《しゃか》さまの弟子の一人、周利槃特《しゅりはんどく》の話が関わっているそうなんです。槃特は物忘れがひどくて、自分の名前も覚えられない男でした。お釈迦さまは、槃特が名前を忘れないようにと、その名を書いた旗を背負うように勧めたのだとか。槃特は一生、自分の名前を覚えられず、旗を背負っていたそうです。やがて槃特は亡くなり、墓へ葬られたのですが、その墓の近くに香りのよい草が生えてきた。その草は生涯『名を荷《にな》』っていた槃特にちなみ、『茗荷』と呼ばれるようになったそうです。その茗荷を食べると物忘れになるという迷信は、この話が元になっているのでしょう」

「あらまあ、そうだったんですか」

女客が感心したように言う。おあさもまたすっかり感心した様子で、大きくうなずいていたが、忘れてはならじと思うのか、袂《たもと》から紙と矢立《やたて》を取り出して、何やら書きつけ始めた。

ただ一人、不愉快極まりない顔をしていた新吉が、

「ずいぶんと物知りでいらっしゃるのですな」

と、険しい声で中間の男客に声をかけた。男客は平然と受け流し、

「あっしの主人がたいそう物知りなお方なものでして。あっしみたいな下っ端の奉公人にも、無知は恥ずべきことだとおっしゃってね。いろいろと教えてくださるんですよ」

と、言った。新吉はもう何も言わず、ふんっと鼻息を吐き出すと、戸口へ向けて大股に歩き出す。

「ああ、若旦那」

暖簾をくぐる直前に振り返り、喜八を見据えて言った。

「今日中に、うちへ来てくださるお話は忘れないでくださいよ」

「分かりました。日が暮れてからになると思いますが、ちゃんと伺いますよ」

喜八は返事をした後、新吉の姿が暖簾の向こうに消えるのを待ち、

「本当にありがとうございました」

と、中間の男客に向かって頭を下げた。

「いやいや、別に礼を言われるようなことじゃない。あっしはただ、主人から聞いた話をご披露しただけなんで」

「いえ、知らぬふりをしていればいいところ、ああして俺たちに助け舟を出してくださいました。心から御礼申し上げます」

礼を言っているうちに、弥助の方はもう気を取り直して調理場へ向かっており、すでに用意のできていた男客の料理を運んでくる。

「どうぞ、ゆっくりと召し上がってください」

喜八はあとを弥助に任せ、自分もまた調理場へ行き、他の客たちの料理を運んだ。やがて、おあさたちの持ち帰る弁当も出来上がった。

おあさのところまで二つ分の弁当を持っていき、

「さっきは、うちの店を庇《かば》ってくれてありがとうな」

と、おあさにも礼を言う。

「ううん、あたしはただあの男に腹が立っただけだから」

と、おあさはにっこり微笑《ほほえ》んだ。

「ねえねえ、喜八さん」

おあさは支払いを済ませて、弁当をおくめに持たせると、声を落として内緒話のように言う。

「さっきのお客さんだけど、役者さんみたいねって、おくめと話していたの」

「ああ、そうだな。俺も同じようなことを思ったよ。せりふ回しも上手《うま》そうだしな」

「それに、顔が整っていてすてきよ。まるで喜八さんと弥助さんを足して二で割って、年を取らせた感じ」

「んん？」

最後の言葉にはどう反応すればよいのか分からず、喜八は口ごもった。おあさとおくめは顔を見合わせ、うふふと楽しそうに笑っている。確かに、あの客は鯔背《いなせ》な男だと思うが、だからといって、おあさとおくめがどうして楽しげなのかは分からない。

「それじゃあ、また来ますね」

おあさとおくめは弁当を持って山村座へ向かった。

例の男客の方を見ると、茗荷の衣揚げを実に美味《うま》そうに食べている。自分に似ているかどうかは分からないが、

（そういや、ちょっと昔の百助さんに似ているかな）

などということを少し思った。

他の客たちも、不安を取り除いてもらったせいか、茗荷料理をぜんぶ平らげ、満足そうな顔を浮かべている。それを見れば、やはりあの男客のお蔭だという気持ちが湧いた。

食事を終えた頃を見計らい、皿を下げに喜八が席へ出向くと、

「いや、若旦那に勧めてもらって本当によかった。ここの茗荷料理は実に美味い」

と、男客は笑顔を見せた。

「ありがとうございます。お気に召していただけて幸いです」

「特にお菜が美味かった。衣揚げといい、茄子と合わせた和え物といい、どっちも初めてだったんで、驚いたよ。茗荷にああした食べ方があったなんてね」

料理をひとしきり褒めた後、男は機会があったらまた来たいと言ってくれた。

「あっしは藍之助《あいのすけ》といいましてね。とある武家屋敷に奉公してるもんで、そうそう暇があるわけじゃないんだが」

「そうでしたか。物知りのご主人とは、やはりお武家さまだったのですね」

「今日は築地《つきじ》に御用があったんだが、またこの辺に来る御用を仰せつかったら、寄らせてもらうよ」

藍之助はそう言って店を出ると、一度立ち止まり、辺りを見回した。もしや慣れない場所で戸惑っているのか。喜八が気づいて外へ出ていこうとした時、振り返った藍之助と目が合った。

大丈夫だというように笑ってみせると、藍之助は芝居小屋とは反対の方へ歩き出した。

最後に見せたその笑顔は実にさわやかだった。

三

その日、暖簾を下ろし、客がいなくなってから、喜八と弥助は巴屋へ向かった。

「俺、一人で行ってもいいけどな」

喜八は一応、弥助に断ったのだが、

「俺も行きます」

有無を言わせぬ口ぶりで返されると、「そうか」と言うしかなかった。

巴屋までは歩いてすぐだが、その途中、喜八は藍之助のことを話題にした。喜八と弥助を足して二で割った感じだと、おあさが言っていたことを話し、

「何か、もやもやしないか」

と、喜八は訊いてみた。弥助は喜八をまじまじと見返した後、

「いえ、特には。嬉しくもなければ悲しくもありませんね」

と、冷静に言う。

「そりゃ、俺だって嬉しくも悲しくもないよ。けど、おあささんもおくめちゃんも、藍之助さんをやけに気に入ったみたいでさ。若い娘が、ああいう三十路男を好きになるもんかねえ」

「さあ。俺にはあの二人の胸の内は分かりませんね」

弥助はいささかそっけなく言った。

「そりゃまあ、お前に分かるとも思ってねえけどな」

独り言のように呟きながら、喜八のもやもやした気分はそのまま残った。

間もなく、巴屋の店前《たなさき》に到着したので、暖簾をくぐると、手代や小僧たちから「いらっしゃいませ」と声がかかる。その中に、新吉の顔があった。新吉だけは愛想笑いも見せず、不機嫌そうな顔つきである。

「ご主人から言われて伺った、かささぎの者ですが」

喜八が言うと、新吉が進み出てきた。

「どうぞ、ご案内します」

新吉について中へ上がろうとした時、「どうもご苦労さまです」と声をかけられた。

「ああ、おたくは巴屋の番頭さん」

前に巴屋へ呼ばれた時は、この番頭が案内してくれたのであった。

「はい、円之助《えんのすけ》と申します。かささぎさんにはご足労をおかけしました」

円之助は恐縮した表情を見せており、新吉よりもよほど腰が低い。巴屋の主人、仁右衛門や新吉とは違い、良識を備えた人と見えるから、巴屋では苦労しているのではないか。

（そういや、今の巴屋の主人は店を買い取ったって話だから、この番頭さんは先代の頃か

ら働いてる人なのかもしれないな）

そんなことを思いながら、「いや、いいですよ」などと言葉を返していたら、

「かささぎさん、お早く願いますよ」

と、新吉の言葉が飛んできた。自分はともかく、客と話をしている番頭に対し、あまりに無礼な態度ではないか。喜八はむっとしたが、円之助が新吉を注意するかと思い、口をつぐんでいた。ところが、円之助は新吉には何も言わず、

「すみません。どうぞお行きください」

と、喜八たちに言っただけだ。大茶屋の番頭としてはいささか腑甲斐《ふがい》ない態度と映る。喜八と弥助は顔を見合わせ、どうもふつうではないとうなずき合ったが、新吉の鋭い目が注がれていたので、すぐにそのあとに続いた。

八畳ほどの座敷に通され、しばらく待っていると、巴屋の主人仁右衛門が現れた。

「今日は大事な話があって、お呼びしたんですよ」

形ばかりでも挨拶を交わした前回と異なり、今日はろくな挨拶もなく切り口上に言う。

「大事なお話とは何ですか」

喜八としても和やかに挨拶を交わしたい相手ではない。淡々と訊き返した。

「ただ今、山村座でかかっている芝居のことですよ」

喜八たちの前に座った仁右衛門が苦々しげに言った。用心棒の話を蒸し返すのかと思い

きや、そうではないので、少し意外な心持ちになる。

「山村座の芝居というと、『竹田の里血風譚』のことですか」

「その通りですよ」

芝居は見たかと訊かれたので、喜八と弥助は首を横に振った。東儀左衛門がこの芝居を書くに当たり、二人ともせりふを読んだり立ち回りをしたりと力を貸していたから、筋書きは知っている。が、興行中は茶屋の商いがあるので、芝居そのものを見てはいなかった。

「私は見ましたよ。そしたら、どうですか。主役の山中十兵衛《やまなかじゅうべえ》が縁談相手と会う茶屋の名が『かささぎ』となっていた」

吐き捨てるように、仁右衛門は言う。

「それの何がいけないんでしょう」

「何がって、本来『巴屋』であるべき茶屋の名が、おたくの店になっていることが、ですよ。実際、中山安兵衛《なかやまやすべえ》さまのお見合いの席はうちがお世話したんですからね」

鼻息荒く言う仁右衛門に「お待ちください」と口を開いたのは弥助であった。

「確かに、あのお芝居は中山安兵衛さまのお話をもとにしたものでしょうが、事実がありのまま描かれているわけじゃありません。そもそも主役の名前だって中山安兵衛ではないのです。茶屋の名が違っていたって、どうこう言うようなことではないでしょう」

「中山安兵衛が山中十兵衛になるのと、巴屋がかささぎになるのは、同じ土俵で語れる話じゃない。あれじゃ、お客さんは中山安兵衛さまが見合いをしたのは、巴屋じゃなくておたくの店だと思ってしまうじゃありませんか」

事実を言うなら、巴屋での見合いの席は失敗に終わり、中山安兵衛と堀部《ほりべ》きちはその後、茶屋かささぎで席を共にしている。だから、かささぎで見合いをしたというのは決して偽りではないのだが、それをこの仁右衛門に話すのもわずらわしいことであった。この手合いは何を言ったところで、相手の言い分を聞き入れることはないのだから。

「そういや、狂言作者の東儀左衛門先生は、おたくの店によく出入りなさっておられるのでしたな」

不意に、仁右衛門が探るような目を向けて言い出した。

「そうですけれど、それが何か」

喜八は堂々と切り返した。

「いったい、どうやって東先生を釣ったんです」

あきれ果てた言い草であった。前の時もそう思ったものだが、こうして対面して話をしているのが馬鹿らしくなってくる。

「お芝居のことについては、俺たちじゃなく、山村座や東先生におっしゃってください。俺たちがどうこうできることじゃありませんから」

喜八はそう言って、話を切り上げようとした。ところが、喜八が立ち上がるより早く、

「山村座へはもう訴えましたよ」

と、仁右衛門がつけつけと言う。

「それなら、もう気がおすみでしょう。今後も訴えたいなら山村座に言ってください。俺たちにおっしゃるのは筋違いというものです」

弥助が念を押し、二人は今度こそ立ち上がろうとした。だが、腰を上げたところで、

「まだ話は終わっていませんよ」と仁右衛門が刺々《とげとげ》しい声を出した。

「まだ何かあるんですか」

喜八はうんざりしながらも、座り直す。弥助は不服そうであったが、喜八に従った。

「おたくの店の『三つ巴』という品のことですよ」

それは、春の頃に出していた三種一そろいの献立だが、今はもう手に入らない食材もあり、単品で出せるものしか出していない。喜八がそのことを言いかけると、

「それは知っていますよ」

と、仁右衛門は言い返してきた。

「しかし、おたくはまた時季が来たら、『三つ巴』を出すつもりでしょう。その名を使うのは今後一切、なしにしてもらいましょうか」

「どういうことです。巴屋さんにそんなことを言われる筋合いじゃない」

「そちらこそ、恥を知るがいい。巴はうちの店の名だ。おたくが勝手に使っていいものじ

ゃない」

あまりに身勝手な言いがかりに、喜八は思わず絶句した。すると、仁右衛門は少し気分をよくしたらしく、

「前に言いましたよね。おたくにうちの暖簾を掲げるのを許してもいいと。正直、あの時のように快く許そうという気にはなれんが、弥助さんをうちの用心棒に差し出し、かささぎの若旦那が頭を下げるっていうのなら、考えてやってもいい」

と、言い出した。執念深そうな眼差しが交互に喜八と弥助に向けられる。自分はともかく、弥助がそんな目で見られることに我慢がならず、

「行くぞ、弥助」

と、喜八は声に出して言い、立ち上がった。

もう仁右衛門が何を言おうと聞くつもりはない。そのまま喜八は座敷を出た。仁右衛門の声が追いかけてきたかどうか分からなかったが、弥助が黙ってあとに続いてくれていることは分かった。

来た道を足早に戻り、巴屋を出たところで、ようやく足を止めて振り返る。

「あきれたご主人ですね」

弥助が淡々と言った。

「まったくだ」

喜八は巴屋の白い暖簾を見据えて言葉を返す。再び歩き出しながら、二人は会話を続けた。

「言いがかりもいいところだが、ああいうことを言ってくるのは、まだお前を用心棒に引き抜くのをあきらめてないってことかね」

「それは分かりませんが、巴屋さんに新しい用心棒が入ったという話は聞きません」

「なら、それが決まるまではお前を引き抜こうと、ちょっかいを出されるのかもしれねえな。あの主人にゃ、何かありそうだが、まだ素性が分からねえし」

「うちの親父は、叩けば埃《ほこり》が出てくるだろうと、言っていましたが。しかし、それが分かるまで、こうして言いがかりをつけられるのは業腹《ごうはら》ですね」

「うーん、今後も何かとけちをつけてくるのなら、何とかしなけりゃな」

二人で言い合いながら歩いているうち、かささぎの店前へ到着した。さほど長い時がかかったわけでもないから、まだ料理人の松次郎が後片付けや仕込みで残っているだろうか。

弥助が戸を引くと、すぐに開いた。

「ああ、弥助さん。それに若旦那も。お邪魔していました」

奥の方の席から立ち上がって声をかけてきたのは、東儀左衛門の弟子の六之助であった。

四

店の中にいたのは、六之助だけではない。東儀左衛門もいた。

「もう店じまいだってのに押しかけてしまいまして、すみません」

六之助は丁寧に頭を下げる。見れば、儀左衛門はお気に入りの「い」の席に腰かけ、酒を飲んでいた。皿の上には衣揚げがいくつか残っている。その儀左衛門にちらと目を向けつつ、

「いえね。少しお耳に入れておきたい話があったんで、お邪魔しただけなんです。店じまいの後、食事を頼むつもりはなかったんですが、松次郎さんのご厚意に甘えさせていただきまして」

と、恐縮した様子で言う。

どうやら、話だけのつもりで立ち寄ったものの、喜八たちがいなかったので中で待とうという流れになり、それならと、松次郎が注文を受け付ける運びとなったようだ。

「いや、他ならぬ東先生と六之助さんだから、それはいいんだけどさ」

喜八が返事をしていたところへ、調理場から松次郎が顔を見せた。

「若の許しなく勝手なことをしまして。ただ、あっしがいるのに、何もお出ししないでお

待ちいただくのもどうかと――」

低い声でぽつぽつと言い訳を口にする。

「それは松つぁんの心次第でいいんだけどさ。東先生、ずいぶん早い飲みっぷりじゃねえか」

こうして話をしている間も、儀左衛門は手酌《てじやく》で瞬《また》く間に盃《さかずき》を空けていた。聞けば、すでに三本の徳利《とつくり》を一人で飲み干しており、今あるのが四本目だという。

「ええと、先生はお強いので、大事ないと思うのですが」

と、六之助がいくらか心配そうな目を儀左衛門に向けて呟いた。

「私などが申し上げても、先生はお聞きになってくれませんので」

六之助の口から溜息《ためいき》が漏れた時、

「東先生」

と、松次郎が「い」の席まで行き、声をかけた。

「何や」

喜八たちが来ても、ひたすら己の思案に没頭し、酒を口へ運び続けていた儀左衛門がようやく顔を上げた。

「若旦那が帰ってまいりやした」

「おお、さよか」

今初めて気づいたという顔つきで、儀左衛門が目を喜八たちの方へ向ける。悪酔いしているほどではないが、いつになく不機嫌そうな目の色をしていた。

「ま、先生。酒はこのくらいにして」

松次郎は徳利を取り上げると、「水をお持ちいたしやしょう」と言った。

「あ、まだ残っとるで」

儀左衛門は慌てて手を伸ばしたが、「水をお持ちいたしやす」と松次郎からくり返されると、それ以上は何も言わなくなった。

儀左衛門が松次郎の運んだ水を飲んで、少し落ち着くと、喜八と弥助はその前の席に座って話を聞くことになった。

「あんたら、巴屋に呼ばれてたんやってな」

と、儀左衛門はこれまでになく不機嫌な声で切り出した。

「はい。お待たせして申し訳ありませんでした」

喜八の謝罪も最後まで聞こうとせず、儀左衛門はせかせかと口を開く。

「ほな、大方のところは、あの話の通じん旦那から聞いてるのやろ。芝居のことなぞ何も分からん素人のくせして、あての台帳にけちをつけおって」

最後の方は喜八たちに聞かせるというより、独り言の愚痴のようだ。

「あのですね」

儀左衛門の横に座った六之助が口を挟んだ。

「巴屋さんからお聞きかもしれませんが、念のためにお話しさせてもらいますと、実は昨日の夕方、巴屋のご主人が山村座に乗り込まれてきて、『竹田の里血風譚』に出てくる茶屋の名を巴屋にしろとおっしゃったわけです。あのお話は、中山安兵衛さまと堀部家のお嬢さまが巴屋さんで見合いの席に着くはずだったところ、ならず者どもに邪魔されたという事件を下敷きにしておりますが、お芝居ではその茶屋をかささぎとしましたわけでして」

「俺たちが先生の台帳書きのお手伝いをするのと引き換えに、そうしてくださるってお話でした。先生はそれを守ってくださったわけですね」

喜八の言葉に、六之助は「その通りです」と大きくうなずく。

「そもそも、台帳は他の誰のもんでもない。台帳を書いたあてのものや。そこに記すせりふをどないにしようが、あての勝手や。素人にとやかく言われる筋合いやない」

儀左衛門が茶碗の水をぐいと呷《あお》り、大きな音を立ててそれを台の上に置いた。

「先生のおっしゃる通りです。まったくあの巴屋の主人ときたら、無知な上に礼儀知らずなことで」

と、六之助が儀左衛門の意を迎えるふうに言う。

「まあ、そういうわけで、お芝居上の茶屋の名を替えろという言いがかりなわけですが、もちろん先生はこの通り、理不尽極まりないと思っておいでです。それで、突っぱねたのでございますが……」

「山村座の四代目は事なかれをよしとする御仁《ごじん》やさかいな。巴屋と事をかまえとうないのや」

　腹立たしげな声で、儀左衛門が言った。

「まあ、先生と四代目の考えが食い違ってしまったわけです。今日のお芝居までに折り合いをつけることはできなかったので、ひとまず、舞台に立てていたのぼり旗は取り除き、せりふはそのままで行いました。しかし、明日からはせりふもかささぎから巴屋に替えてほしいと、四代目はおっしゃっていまして」

「そうだったんですか。まあ、俺たちが巴屋のご主人から聞かされた話とほぼ同じですけど。東先生は結局、四代目のお考えを受け容《い》れたのですか」

　それで機嫌が悪いのだろうかと思いつつ、六之助に小声で訊くと、

「いえ、互いに呑《の》み込んで、折り合ったというような次第で」

という返事である。

　儀左衛門は聞こえているのだろうが、自ら喜八たちに説明する気はなさそうで、茶碗の水をがぶがぶと飲んでいる。

「先生としましては、元より巴屋さんも芝居を見に来た客の一人にすぎないとお考えです。

客の言いなりになって、芝居の中身を変えるのは、狂言作者の矜持《きょうじ》に関わる。一方の四代目にしてみれば、芝居小屋に面した大茶屋は身内も同じ。その巴屋さんを敵に回すわけにはいかぬと、及び腰でございます。それで、明日からは茶屋の名をせりふから削り、特定の茶屋の決め手となるものは芝居から除くということになりました」

六之助の話を聞き、喜八は「そうですか」と呟くしかなかった。

さすがの儀左衛門も山村座の座元の意向には逆らえなかったのだろう。かささぎの名を出したせいで、儀左衛門が山村座の仕事を失うことになっては申し訳ない。とはいえ、せっかく儀左衛門がせりふに使ってくれたかささぎの名を、あの巴屋の主人のせいで除かれたのは不愉快な話であった。

「ところで、東先生」

その時、席へ着いてから一言も口を利かなかった弥助が、初めて口を開いた。落ち着いた声でごく淡々と言われると、妙な迫力がある。

「な、何や」

さすがの儀左衛門もその迫力に圧倒されたのか、たじろぐような声を出した。

「かささぎの名をせりふに出していただくことは、若と俺が先生の台帳書きのお手伝いをする上でのお約束でした。興行の途中で事情が変わったことは分かりましたが、そうなると、お約束の方はどうなるのでしょう」

「弥助、そりゃあ、仕方がねえだろ。先生にしてもどうにもならないことだったんだし」

喜八が口を添えたが、弥助は引き下がらなかった。

「事の次第は承知しています。しかし、俺はともかく、若のお手伝いが無駄になってしまうことは受け容れられません。東先生にも、ここは知恵を絞っていただきませんと」

この手の話になると、弥助はなかなか厄介だ。

喜八が馬鹿を見るとか、損をしたとか、そういうことがあってはならぬと思い込んでいる。喜八が気にしていないと言ったところで、そればかりは弥助の耳に届かない。

「う、うむ。それについてはだな」

儀左衛門は渋々ながら口を開いたが、その苦しげな表情は代案を思いついていない証《あかし》である。ところが、うーんと考え込んでいた儀左衛門の表情が不意に明るくなった。

「せやせや、ええことを思いついた」

と、すっかりご機嫌である。

「今回の山村座の芝居はあきらめてもらうしかない。せやけど、芝居は山村座だけやない。市村《いちむら》座かてあるし、あての住んでる堺《さかい》町にも芝居小屋はある。そっちの芝居で、かささぎの名を出したるさかい、それでよしとしい」

「しかし、若にとって最も縁の深いのが山村座なんですけどね。その山村座からそっぽを向かれたというのは、何ともやりきれない心地がいたしますが」

弥助は儀左衛門の上機嫌に引きずられることもなく、冷静に言葉を返す。

「まあまあ。今は山村座の四代目も慎重になってますけど、時が経《た》てば考えも変わるでしょう。それに、巴屋の主人とて、こちらの若旦那が藤堂鈴之助《とうどうすずのすけ》の甥御《おいご》さんだってことはご存じでしょうし、そうそう我を張り続けはしないと思います」

六之助は穏やかな物言いで、弥助をなだめるように言うが、喜八の見るところ、あの仁右衛門が我を折るとは思えない。だが、今ここで儀左衛門を責めたところで何も解決しないのは、弥助も分かっているはずであった。

「分かりました」

無言のままでいる弥助に代わって、喜八は答えた。

「まあ、今の巴屋さんに何を言っても無駄でしょう。俺と弥助が出向いた際には、このお話の他にも、うちで出してる『三つ巴』の献立について、その名を二度と用いぬようにと言われました」

「何やて」

儀左衛門が再び怒り顔になって声を上げる。

「あの分からず屋め、そないなけちまでつけよったか。こりゃ、放っておけば木挽町《こびきちょう》の毒虫となりかねんぞ」

最後の言葉は、特に喜八たちに聞かせようとしてのものでもなかったようだが、喜八にははっきりと聞き取れた。

木挽町の毒虫——言葉を操る狂言作者のたとえは、秀逸に思える一方、少し言いすぎにも思える。だが、あの主人がかささぎばかりでなく、木挽町のためにならぬ者なら放っておくわけにはいかない。

(けど、巴屋の主人の素性は、百助さんに調べてもらっても分からなかったんだよな)

その代わり、百助は旗本の中山勘解由、通称鬼勘に対し、とある捕り物に力を貸すのと引き換えに巴屋の主人について調べてほしい、と頼んでくれた。

鬼勘とはあれやこれやの因縁もあるが、江戸の治安を守るためなら何でもするという点において、頼りになること間違いない。

(まあ、ひとまずは鬼勘が知らせを持ってくるのを待つしかないかな)

喜八が心の折り合いをつけた時、誰かの腹がぐうーと鳴った。

誰かと思えば、六之助が「いや、すみません」と顔を赤くしている。

「六之助さん、何も召し上がってなかったんですか」

「いや、私は酒を飲みませんので」

と、恥ずかしそうに六之助は言う。

「何や、あんた、何も食べてへんかったか」

儀左衛門が驚いた顔つきで、弟子を見ている。いつも二人で店に来た時には、六之助の食べる献立を注文する儀左衛門も、今日は怒りゆえに失念していたらしい。

「いえ、店じまいの後、来たわけですし、話さえ終わればすぐに失礼するつもりでしたので」

と、六之助は恐縮したふうに言った。

「何を言ってるんです。腹を空かせたまま、お帰しするわけにはいきませんよ」

喜八は言い、「松つぁん、何か腹にたまるものは出せるか」と調理場にいる松次郎に声をかける。

「へえ。茗荷と鰹節のご飯なら。お菜は先生にお出ししたのと同じ衣揚げをすぐ」

頼もしい返事がたちまち返ってきた。

「おう、それじゃ、それを六之助さんに頼むよ」

と、喜八が奥へ向かって言うと、儀左衛門が横から口を挟んだ。

「そういや、怒りで我を忘れてたけど、茗荷の衣揚げは美味かった。あては茗荷が好きなんや。あてにも、あれをもっと追加で頼むわ」

儀左衛門の大声はそのまま聞こえたらしく、「かしこまりやした」と松次郎の返事がある。それを聞いたのを潮に、喜八たちは立ち上がった。

「本当にご迷惑をおかけしてすみません」

六之助が頭を下げる。

「いや、気にしないでください。先生と六之助さんにはいろいろとお世話になっていますから」

「せやせや。山村座の興行が終わったらな、また、ここへも一日おきに通わせてもらうよって。新しい台帳書きの手伝いをまた頼みますわ」

儀左衛門の方はさして申し訳なさそうなそぶりも見せることなく、当たり前のように言う。

奥へ行こうとしていた弥助が足を止めて振り返った。

――それは、かささぎの名を芝居のせりふに入れるというお約束あっての話でしょう。

そう言い返したい気持ちはよく分かったが、喜八は弥助の肩に手をかけ、首を横に振った。弥助はこの案を持ち出したのが自分なだけに、何としても成功させねばと義務のように思っている。

喜八としても、かささぎのためにならないお手伝いを、むやみに引き受けるつもりはなかった。だが、今この話をぶり返せば、誰もが巴屋の主人の理不尽さを思い出し、不快になるだけだ。

喜八の思いが伝わったらしく、弥助も何も言わず調理場へと向かった。弥助に続いて調理場へ入ると、揚げ物の香ばしいにおいと、茗荷のさわやかな香りが漂ってきた。

「お、揚げ物は茗荷に茄子に枝豆か。美味そうだな」

「若たちの分も一緒に揚げてますんで」

と、松次郎が言った。

「それじゃあ、先生と六之助さんに飯を運んだら、俺たちもこっちでいただくか」

儀左衛門たちに運ぶのは弥助がするというので、喜八は揚げ物ができ次第、自分たちの分を調理場の横の小部屋へと運んだ。松次郎にもここで食べていくようにと勧めると、火を止めてから行くので先に食べていてくれと言う。

「腹を立てると、腹が空くもんだな」

しかし、美味しいものを食べて腹がふくれれば、不機嫌さもひとまずは頭の隅へ押しやれるだろう。そう思いながら、茗荷の衣揚げを口へ運ぶと、さくっという食感に続いて、しゃきしゃきした歯ごたえ。その後は、独特のさっぱりした風味が口の中いっぱいに広がっていった。

五

中山勘解由こと鬼勘がかささぎにやって来たのは、その二日後、汗ばむくらいによく晴れた昼過ぎのことであった。

若侍を二人連れていたが、その者たちは外に残し、鬼勘が一人で入ってくる。

「いらっしゃいませ。ようこそお越しくださいました」

喜八は鬼勘を空いている席へと案内した。

「いつになく、和やかな出迎えではないか」

鬼勘は喜八の顔をまじまじと見据えて言う。

「俺はいつでもお客さまには和やかに接していますよ」

「私を相手にする時だけは、そうでないように見えたものだが」

鬼勘の嫌味に対しては「気のせいじゃありませんか」と返したものの、鬼勘の言う通りだという自覚はある。が、今はとにかく、巴屋の主人について聞き出したかった。

「それより、何になさいますか。茗荷の献立がお勧めですが……」

まずは注文を尋ねると、「ふむ。茗荷か」と鬼勘は考え込む。

「添え物のように思っていたが、ここでは茗荷が主となる料理がいくつもあるのだな」

「はい。ご飯や味噌汁に入った献立もございますし、甘酢漬けや衣揚げもご用意できます」

「そうか。ならば、甘酢漬けと衣揚げをもらおう。揚げ物は茗荷以外にも適当に見繕ってもらえるとありがたい」

と、鬼勘は茗荷を中心としたお菜を注文した。ご飯も茗荷入りのものを頼んだが、汁物については、めずらしく壁の品書きを念入りに見た後、玉子と海苔《のり》の澄まし汁を頼むと言った。

「かしこまりました」

と、喜八は注文を受けて、調理場へ下がった。松次郎に鬼勘の注文を告げたところへ、ちょうど弥助が別の客の空いた皿を持って戻ってきた。

「鬼勘は巴屋の主人のこと、何か話していましたか」

「いや、それについちゃ、何も言ってなかった。けど、食事が終わった頃を見計らって、こっちから尋ねてみるつもりだ」

何か探り出したことがあったのなら、他の客がいるところでは聞き出しにくい。他の客が出払って、昼下がりの休憩まで居座るつもりで来たのだろうか。しかし、それにはまだ間があるし、鬼勘がそれほど暇とも思えない。

その後、喜八と弥助は、何度か別の客の注文聞きや料理を運ぶため、店と調理場を往復したが、鬼勘から声をかけられることはなかった。やがて、鬼勘のための献立が調い、喜八がそれを運んだ。

「おお、揚げ立てだな。さっそくいただこう」

鬼勘は料理が運ばれるなり、いそいそと箸を手にした。

「衣揚げは、こちらが茗荷で、他には茄子に枝豆、梅干しをご用意いたしました」

「ほほう。茗荷もそうだが、梅干しも初めてだ」

「夏の暑さによる疲れも癒えると存じます。どうぞお試しください」

喜八の言葉が終わるや否や、鬼勘は茗荷の衣揚げを摘《つ》まみ、少量の塩をつけて口へ入れた。さくさくの衣と、しゃきしゃきした茗荷――それぞれの食感を楽しみつつ、鬼勘はすうっと鼻から息を吸い込んだ。茗荷のさわやかな香気が初夏を感じさせてくれる瞬間だ。

その表情が満足げに綻んだのを見澄まして、喜八は鬼勘の席を離れた。それから、ややあって食事が終わったのを見計らい、皿を下げに出向くと、

「いや、茗荷がこれほど美味いものだったとはな。多彩な味わいに感服した」

と、たいそうご満悦である。

「それは、ありがとうございます」

「梅干しの衣揚げも、磯の香りがする澄ましも実にいい味だった。やはり、美味いものを食べたい時にはここへ来るに限る」

鬼勘は大きな声で言う。

「うちの商いにお力添えくださり、ありがとうございます。でも、中山さまはたいそう目立っておいでですので、今日はもうそのくらいで」

喜八が周りの客たちにちらと目を向けながら言うと、「さようか」と鬼勘はとぼけた。周りから朗らかな笑い声が漏れる。

「では、少し別の話をさせてもらいたい。おぬし、巴屋と揉《も》めているそうではないか」

いきなり鬼勘が真面目《まじめ》な顔つきになって言い出した。

「揉めているとは、その……お芝居の件ですか」

もう耳に入っているのかと驚きながら、喜八は訊き返した。

「さよう。巴屋は、芝居の中でかささぎとされていた茶屋の名を、自分の店に替えろと山村座に無理強いしたらしいな」

「……はあ」

鬼勘の地獄耳も相当なものだと思いながら相槌《あいづち》を打つと、

「それ、本当ですか」

と、隣の席に座っていた職人風の男が口を挟んできた。

「あたしゃ、巴屋さんは敷居が高くて入ったこたぁありませんが、芝居に出てきた店の名を替えろだなんて、手前勝手もいいところじゃないですか」

かささぎの常連客である男は、巴屋の仕打ちが許せないという口ぶりであった。

「まあ、誰が聞いてもそう思うであろうな」

と、鬼勘も言う。

「私が口を挟むことではないが、どうにも埒《らち》が明かぬ時には力になろう。私もこの店の常連のつもりなのでな」

「それは、ありがとうございます」

と、喜八が応じ、空いた皿を盆の上に載せ始めると、話しかけてきた隣の男も他の席の客たちも、こちらから目をそらしたようである。それを待っていた様子で、鬼勘は扇子を取り出すと、喜八に耳を寄せるよう合図をした。

「巴屋の主人のことだが江戸生まれではなく、余所者《よそもの》だった。何でも伊勢から来たそうだが、それ以前のことは出身地の藩の者にでも聞かねば分からぬ」

やはり、調べた成果を告げるために来てくれたようだが、期待通りの知らせではなかった。

「……そうでしたか」

百助に調べてもらっても、鬼勘に力を貸してもらっても分からないとなれば、あの巴屋仁右衛門について知ることはもう無理なのだろうか。こちらの素性だけ知られていて、相手の過去は不明のままというのは、あまり気分のいいものではないが……。

「ところで」

その時、鬼勘が声の調子を変えて言い出した。

「人探しの寅次郎《とらじろう》、という者を知っているか」

喜八の耳もとでしゃべっていた時とは違い、軽い雑談という調子の声色で、鬼勘が訊いてきた。

「人探しの寅次郎？　いえ、聞いたことはありませんね」

喜八は片付けの手を止めて答えたが、その時、鬼勘の前方の席に腰かけていた男客が不意に体ごと振り返った。齢《よわい》は三十代半ばほど、これまで二、三度来てくれた客だが、弥助が相手をしていたため、喜八は言葉を交わしたことがない。

弥助ともあまり馴染《なじ》もうとせず、雑談を楽しむふうでもなかったので、名前や仕事なども聞いていなかったはずだ。その男客がどういうわけか、今の鬼勘の話に強い関心を持っている。

「お侍さま、いきなりすみません」

男客は鬼勘に向かって頭を下げた。

「ただ今、人探しの寅次郎とおっしゃいましたか」

「いかにも。さように申した」

と、鬼勘が受ける。

「実は、あっしもその男を探しているんでございます。どうもつてがなくて、見つからないんですが、もしつてがあったらお教え願えませんでしょうか」

男客は先ほどより深々と頭を下げて言う。

「よんどころなき事情があるのだろう。力になってやりたいが、私もつてがあるわけではない。町の噂《うわさ》で聞いて興味を持っただけなのでな」

「そうでございますか」

男客は力なく肩を落とした。

「あのう、中山さま。俺にも分かるように話してもらえませんか。人探しの寅次郎とはどういう人なんです」

喜八は鬼勘に尋ねた。男客の様子が切羽詰まって見えたせいか、店にいる客たちの大半がこちらの話に耳をそばだてている様子である。

「ふむ。人探しの寅次郎とは、凄腕《すごうで》の人探し屋のことだ。行方知れずになった者や、会ったことのない遠い親戚など、所在のつかめぬ相手を見つけ出してくれる男でな。他にも、素性やふだんの暮らし向きなど、頼めば調べてくれるらしい」

鬼勘の話を聞き、喜八は憔悴《しょうすい》している男客に目を向け、

「お客さんは、人を探しておられるのですね」

と、尋ねた。男客は一つうなずき、

「あっしは仲蔵《なかぞう》と申します」

と、ここで初めて名乗った。

「今は日雇いで暮らしを立ててますが、近々、故郷の日野《ひの》へ帰る心積もりでおります。その前に昔馴染みに会いたいんですが、そいつの所在が分からず困ってまして。そんな折、お侍さまと同じく、町の噂で人探しの寅次郎とやらのことを聞き及び、仕事を頼みたいと思っていました」

「そうだったんですか」

仲蔵がたいそうがっかりしているので、力になってやりたいが、生憎《あいにく》教えてやれることは何もない。話は他の客たちにも聞こえていたから、これという声が上がらないかと期待したが、

「人探しの何とか、という人の話は聞いたことがあるんだけどねえ」

「あたしも名前は知ってたけど、仕事を頼んだって人は生憎知らなくてさ」

おあつらえ向きの返事は上がらなかった。町の噂になっているのは本当らしいが、寅次郎なる人物を直《じか》に知る者はいないようである。

「でも、何か耳にすることがあったら、真っ先におたくに知らせてやるよ」

その日かささぎにいた客たちは、皆、仲蔵に心を寄せ、そう約束した。

「俺もお客さんたちに訊いてみますよ。中山さまも何か分かったら教えてください」

喜八が頼むと、鬼勘もそうしようとうなずいた。

「おぬしの役に立つかと思って持ちかけたのだが、おぬし以上に切実な者がいたようだな」

鬼勘は巴屋の主人の素性について、人探し屋に調べてもらったらどうか、と言いたかったようだ。

「仲蔵さん、またお暇な時にお立ち寄りいただければ、よいお話ができるかもしれません

から、どうか気を落とさず」

「へえ。よろしくお頼み申します」

仲蔵は鬼勘や喜八だけではなく、その場にいた客たちにも丁寧に頭を下げて言った。

「うむ。では、何か分かった暁には、私もここへ寄らせてもらおう」

鬼勘はそう言い置き、代金を払って帰っていった。続けて、仲蔵も折を見てまた来ると言い、店を出ていく。

「ありがとうございました」

中背のがっしりした体つきのその背中が去っていくのを見送りながら、江戸を去る前にどうしても会いたい人物とはどういう人なのだろうと、喜八はその過去に少しばかり思いを馳《は》せた。

六

四月も下旬に差しかかり、山村座の「竹田の里血風譚」の千穐楽《せんしゆうらく》の日がやって来た。

この日の夕刻、おあさとおくめが六之助と共にかささぎへ訪れた。

「六之助さん、千穐楽、お疲れさまでした」

台帳を書いた東儀左衛門の補佐として、連日芝居小屋に詰めていた六之助を、喜八は労《ねぎら》った。

「東先生はご一緒じゃないんだね」

と、おあさに目を向けて訊くと、

「お父つぁんなら巴屋へ行ったわよ」

と、かなりお冠《かんむり》である。

「いや、東先生は山村座の役者さんたちと一緒に、巴屋さんでの慰労の宴《うたげ》に出ておいでなんです。山村座の四代目もいらっしゃいますし、先生としても顔を出さぬわけにはいかぬようで」

と、六之助が言い訳するように言った。

「そりゃあ、狂言作者の先生が出ないわけにはいかないよな」

喜八が気を悪くするのではないかと、六之助もおあさも気をつかってくれたようだが、巴屋の主人の言いがかりとは別の話である。喜八は気にしていなかったが、

「お父つぁんったら、巴屋のご主人の身勝手さに怒っていたの、もう忘れてるのかしら」

と、おあさはいつになく激しい口調で言った。

「お嬢さん、もしかして」

と、おあさの隣に座ったおくめが困惑した表情を浮かべている。

「先生にたくさん茗荷をお出ししたのが、いけなかったんでしょうか」

「ん？　茗荷？」

喜八が訊くと、「先生は茗荷が大好物なんです」とおくめが訴えるように言った。

「こちらでもそうだったかもしれませんが、お家でも、茗荷の甘酢漬けをたくさん作らせて、この季節はしょっちゅう、あれを召し上がっているんです。茗荷をあんまり食べ過ぎたせいで、先生、物忘れがひどくなってしまわれたんですよ、きっと」

「何を言うの、おくめ」

おあさが叱りつけるような声を出した。

「茗荷が人に物忘れをさせるなんて話はただの迷信。この前、ここにいらしていた藍之助さんが話してくれたじゃないの。あの後、お父つぁんにも確かめて、あの方の言う周利槃特のお話が本当だって分かったでしょ」

「それはそうですけど……」

おくめはまだ心配そうだ。

「本当ですよ、おくめちゃん。周利槃特と茗荷の逸話はちゃんと昔の書物に書かれているんです。だから、茗荷が人に物忘れをさせるなんてことはありません」

六之助が人の好さそうな笑顔をおくめに向けて言う。それでも、おくめの心配そうな顔つきが明るくなることはなかった。

「だけど、その槃特って人が物忘れをする方だったのは事実なんですよね。その人のお墓に生えてきた草なら、本当にそういう力を持っているのかも――」

「もう、おくめったら。そんなわけないでしょう。あたしだって茗荷をいっぱい食べてるけど、物忘れがひどいなんて言われたこと、一度もないんだから」

おあさは迷信と割り切って、まったく信じていないらしい。

「ま、先生はいつでも都合の悪いことはお忘れになるから」

と、六之助も笑っている。

「そうそう。でも、あれは忘れたふりをしているだけなのよ。今頃、巴屋のご主人や四代目の前で、へらへら笑っているんだわ、きっと」

と、おあさは言うと、首をすっと伸ばし「喜八さん、あたしは茗荷のお料理をいっぱい頼むわ」と言った。

それから、おくめに品書きを読んでもらいながら、茗荷と鰹節のご飯、茗荷の甘酢漬け、茗荷と茄子を含んだ衣揚げなど、次々に注文した。六之助もここぞとばかりに茗荷の入った料理を注文している。

「おくめ、お前はどうするの」

最後におあさから訊かれたおくめは、少し躊躇《ちゅうちょ》した末、

「焼き茄子と握り飯、豆腐のお味噌汁をお頼みします」

と、小さな声で言った。

「まあ、まだあの迷信を信じているのね」

と、おあさがあきれた声で言ったが、おくめの考えは変わらぬようである。

「おくめちゃんが心配する気持ちも分かるよ。自分の思う通りにするのがいちばんだ」

喜八が言うと、

「そうですな。君子危うきに近寄らず、とも言いますし」

などと、六之助も言葉を添える。

喜八は注文を調理場の松次郎に伝えた後、弥助が来るのを待って、おあさたちとのやり取りを伝えた。

「おくめちゃんの料理ができたらさ、お前が運んでやってくれよ」

喜八が言うと、弥助はやや訝《いぶか》しげな表情を浮かべたものの、「分かりました」と素直に言った。

「茗荷を食べるのを怖がってるみたいだからさ。何か力づけるようなことを言ってやってくれ」

「そうですか」

弥助は少し思案するふうに沈黙した後、

「それでは、おあささんが無理強いしたりしないよう、見張っておいた方がいいですね」

などと言い出した。

「いや、おあささんは無理強いなんてしないだろ」

喜八はおあさを庇ったが、弥助の目は「そんなことはないだろう」と言っている。

「まあ、お前が気になるなら、気を配ってやってくれよ」

と、喜八は続けて言った。

それから、おあさと六之助の頼んだもろもろの茗荷料理と、おくめの握り飯、焼き茄子などの料理が出来上がった。常に我関せずというふうの松次郎だが、それでも話を聞いていたらしい。おくめの握り飯はふつうのものより少し大きく、焼き茄子の量も多めである。

おくめの料理を弥助に任せ、喜八は茗荷料理を載せた盆を運んだ。

「わあ、揚げ立てのいい匂い。茗荷の香りも気持ちいいわね」

おあさは顔を輝かせている。

「衣揚げは茗荷以外のもあるわ。茄子は……ええと、おくめは別に頼んでいたのだっけ。それじゃあ、お豆を食べなさい。それから、これは……」

おあさが首をかしげているものは、梅干しの衣揚げであった。喜八がそう言うと、「まあ、めずらしい」とおあさははしゃぎ、二つあったうちの一つをおくめに勧めている。

（おあささんは世話焼きなんだな）

それでも、おくめの嫌がることは勧めないし、自分の考えを押し付けようともしない。そんなおあさを好ましいと喜八は感じた。

続けて、弥助がおくめの頼んだ料理を運ぶ。

「焼き茄子には兄《せ》の香《か》と言われる生姜《しょうが》を添えています。これは妹《め》の香《か》と言われる茗荷の兄さんなんですよ」

弥助はおくめにそんなふうに説明した。

生姜と茗荷はほぼ同じ時期にこの国へもたらされたが、その時、香りの強い方を「兄の香」、弱い方を「妹の香」と呼んだ。それぞれの言い方が訛《なま》って、生姜と茗荷になったという話。

弥助が語る話を、おくめはひどく熱心に聞いていたが、

「茗荷は周利槃特さんのお話から、茗荷と呼ばれるようになったんじゃないんですか」

と、目を丸くして訊き返している。

「茗荷の命名には諸説あるようですね」

弥助はひどく冷静な様子で言葉を返し、「そうですよね」と六之助に意見を求めている。

(そこは、おくめちゃんに向かって、にっこり笑ってやるだけでいいんだって)

喜八は気を揉んでしまったが、おくめは弥助を尊敬するように見つめていた。

「そうなんですね。茗荷は生姜の妹……」

おくめは何となく安心した様子で、嬉しそうに料理に箸をつけ始めた。おあさから勧められた枝豆や梅干しの衣揚げも口に運び、美味《おい》しい美味しいと言っている。

自分の焼き茄子も絶対気に入るからと、おあさに譲り、三人は楽しげに食事を続けた。

「ああ、こんな美味しいお料理は、ここでしか食べられないわ。お父つぁんもかわいそうにね」

「まったくです。狂言作者としての先生のことは尊敬しておりますが、偉くなれば、意に染まぬ付き合いもしなければならず、それはそれでお気の毒なようでもありますなあ」

おあさの言葉に、六之助が同意を示す。

「そうよ。六之助さんはお父つぁんみたいになることないわ。偉くならなくたっていいじゃない。いつでも好きな時に、こうしてかささぎさんの美味しいお料理が食べられるんだから」

「いや、先生は私の目標ですから。それに、稼ぎがなければ、こうした美味いお料理も食べられないわけですし」

「うーん、そうねえ」

おあさと六之助は時折会話を挟みながら、どんどん料理を平らげていった。おくめも大きな握り飯を残らず腹に収め、満足そうである。

三人がすべての料理を食べ終え、お茶で一服した後、喜八は「ところで訊きたいことがあるんですが」と話を持ちかけた。

「人探しの寅次郎さんってお人を知っていますか」

狂言作者見習いの六之助は、町の噂話やめずらしい話を拾い集めるのも仕事のうちと聞いている。もしやと思っての問いかけだったが、

「ええ。名前は聞いたことがありますよ」

という返事であった。儀左衛門の弟子仲間たちの中には、その話を拾ってきた者が何人かおり、おあさも彼らから聞いたそうだ。

ただし、弟子たちの中で、人探しの寅次郎本人に会った者はおらず、本人の年齢や風貌などが話に出たこともなかったという。

「なら、そんな人物が本当にいるかどうかも、定かじゃないんですね」

誰もがいる、いると言うが、実物を見たという人はいない。そんな謎の寅次郎に対し、喜八が慎重な考えを述べると、「いやいや」と六之助が手を顔の前でひらひらと振った。

「ここまで噂になるんですから、実在しないということはないでしょう。丁寧に人の話をたどっていけば、実際に寅次郎に仕事を頼んだ人も見つかるはずです。寅次郎本人を見つけるのはそう容易《たやす》くはいかないでしょうが、こちらのお客さんが探しているのでしたら、私もお力になりましょう」

六之助は力強い調子で言い、弟子仲間たちにも訊いてみると請け合ってくれた。

「あたしたちもできるだけ町の人に話を聞いてみるわね」

おあさも頼もしい言葉を返してくれたし、その横でおくめも大きくうなずいている。

「それじゃあ、一つよろしく頼みます」

喜八は礼を述べた。やがて三人は茶を飲み終えると、残照が辺りを薄く照らしている頃、満たされた面持ちで帰っていった。

第二幕　人探しの寅次郎

一

芝居小屋の興行が終われば、茶屋の客足は鈍くなるもので、次の芝居の初日まで少しは息を吐《つ》けるのが常だ。しかし、近頃のかささぎは、ちょっとした外出のついでや、松次郎の料理を目当てに訪れる客も増えていたから、興行が休みの時もそれなりに繁盛している。

そんな四月下旬のある日、昼時にはまだ少し間がある四つ（午前十時）頃、喜八たちにとって懐かしい客がやって来た。

「久しぶりだな、喜八坊に弥助坊」

「三郎太《さぶろうた》の兄《にい》ちゃん」

客も少ない時だったので、喜八も思わず素の顔を見せてしまう。

喜八のことを、いまだに喜八坊などと呼ぶ者は三郎太の他にはいない。気恥ずかしさはあるものの、懐かしさが心地よかった。

三郎太は喜八と弥助の昔馴染《むかしなじ》みで、かつてかささぎ組があった神田佐久間町《かんださくまちょう》に今も暮らしている。

喜八たちにとっては、頼りになる「町の兄ちゃん」だが、三郎太自身、溺《おぼ》れかけたのを喜八の父、大八郎に救われた恩があった。そのため、かささぎ組がなくなった後もずっと、喜八たちのことを気にかけてくれている。今では家業を手伝い、古着屋の若旦那《わかだんな》となっていたが、木挽町へも時折足を運んでくれていた。

「お久しぶりです、兄さん」

弥助もすぐに出てきて挨拶した。

「暇があるなら、松つぁんの料理を食べていきなよ。昼飯にはちょい早いけどさ」

喜八は三郎太を空いている席に案内しながら勧めた。

「そうだな。前にお邪魔した時は松次郎さんがいなかったんだっけ。あん時は店を開ける前にお邪魔したけど、弥助坊が朝飯を用意してくれたんだよなあ」

三郎太は前の訪問の時のことを思い出し、しみじみした声で言った。それは春先の話だが、松次郎が無実の罪を着せられそうになり、姿を隠していた時のことである。

「今日は松つぁんがいるから、何でも出せるぜ。好きなのを注文してくれよ」

我ながらはしゃぎすぎかと思いつつ、喜八は明るい声を出した。

「そうか。松次郎さんの料理をいただくのも久しぶりだしな」

少し早いが昼飯にしようと、三郎太は壁の品書きに目をやった。季節が変われば品書きが変わるのは当たり前だが、ずいぶんたくさんあるので、三郎太は驚いたようである。

「前は、酒やお茶と一緒に、ちょいとつまむって感じの品書きだったけど、今は腹ごしらえのできる品がずいぶんあるんだな」

「松つぁんの腕を存分に生かしてもらおうと思ってさ。弁当もあるんだぜ。お客さんが芝居小屋で食べられるようにって」

「おお。それはいい案だな。喜八坊が考えたのか」

「いや、お客さんからの要望があって、それに応じたんだ」

「どんな商いでも、お客の言い分にきちんと耳を傾けられる店は、間違いなくいい店だ。喜八坊もしっかりやってるんだな」

三郎太は目を細めて喜八を見つめる。

「まあな。弥助と松つぁんが助けてくれるからさ」

照れくさそうに言う喜八から、隣の席の器を片付けている弥助に目を移し、

「そうだろうな。松次郎さんはもちろん、弥助坊が喜八坊を支えているのがよく分かるよ。まあ、佐久間町にいる頃から、そうだったか」

と言って、破顔する。弥助は器を盆に載せ終えると、

「三郎太の兄さんもお忙しいでしょうが、時折、足を運んでください。若がこんなに浮かれているのは、近頃じゃ滅多に見られないことなんで」

と、真面目《まじめ》な顔つきで三郎太に言う。

「へえ、そうなのか」

三郎太が喜八に目を戻して訊《き》いた。

「別に浮かれてねえよ。まあ、兄ちゃんに会えて嬉《うれ》しいのはその通りだけどさ」

「ま、それだけ歓迎されちゃ、来ないわけにはいかないよな。暇を見つけて来るようにするよ。で、注文してもいいか」

三郎太は茶飯とがんもどき、胡麻《ごま》豆腐の餡《あん》かけと味噌汁《みそしる》を注文した。喜八はいい茗荷《みょうが》が入っていることを告げたが、生憎《あいにく》、茗荷の香りが三郎太は苦手だという。

喜八が調理場へ行って三郎太の注文を伝えると、松次郎はいつもと変わらず「へえ」と応じただけだが、その声にはいつにない力がこもっていた。

やがて、調理場に戻ってきた弥助が「三郎太の兄さんがお話があるとのことで」と言い出した。

「兄さんの食事が終わるのを待っていたら、おそらく昼餉《ひるげ》目当てのお客さんとかぶって、ゆっくり聞いてもいられなくなるでしょう。今なら、店は俺一人で回せますから、若が兄

さんから話を聞いていてもらえますか」

「そうか。なら、店のことは任せるよ」

喜八は弥助の言葉に応じ、再び三郎太の席へ向かった。

空いている三郎太の前の席に腰を下ろし、「話があるんだって」と訊くと、先ほどとは違う真面目な顔つきで、三郎太はうなずいた。

「どうもその後のことが気になっちまって、足を運んだんだが……」

三郎太の言葉に、喜八は首をかしげた。

「その後のことって、何の話だ」

「人探しの寅次郎の件だよ」

と、思いがけない言葉が三郎太の口から漏れる。ここのところ店の話題にのぼることの多い寅次郎だが、ふた月余りも会っていない三郎太との間で、「その後のこと」と言って通じる話題ではない。

「待ってくれよ、兄ちゃん。人探しの寅次郎のことは、うちのお客さんが話していたから知ってるけどさ。兄ちゃんとその人の話をしたことはなかったろ」

喜八が言うと、今度は三郎太が「えっ」と目を瞠《みは》った。

「百助さんから何も聞いていないのか」

「百助さんだって」

このことも、何を言っているのかまるで分からない。自分の父親の名前が出たせいか、調理場近くの暖簾《のれん》の前で客に目を配っていた弥助が、近くへ寄ってきた。

「弥助坊も知らないのか」

三郎太が問うと、弥助も「何も知りませんが」と答えた。

「そうか。なら、はっきりしたことが分かるまでは、お前たちに話すのを控えていたんだな。まあ、ここまで話しちまって内緒にしとくってわけにいかないから、大雑把《おおざっぱ》に話しておくよ。くわしいことは百助さんから聞いてくれ。実は、人探しの寅次郎が佐久間町に現れたんだよ。ひと月余り前のことかな」

「えっ、じゃあ、兄ちゃんは寅次郎って男を見たことがあるのか」

「ああ」

と、三郎太からはあっさりした返事があった。

「その人を探しているお客さんがいるんだ。どうやったら、寅次郎って人に会えるんだ？」

喜八が前のめりになって問うと、「いや、それは……」と三郎太は困惑した表情になった。

「こっちから頼んで会ったわけじゃないからさ。仕事を頼むつもりもなかったし、知らせを取るやり方は知らねえんだ」

三郎太はすまなそうに言った。

「そっか。まあ、それはいいとして、寅次郎は佐久間町で誰を探してたんだ」

「人を探してたんじゃなくて、素性を探ってたんだよ。それも寅次郎の仕事の一つらしくてさ」

「それって、まさか」

喜八は傍らに立ったままで話を聞いている弥助と顔を見合わせた。

「寅次郎は若のことを探っていたんですか」

弥助が三郎太に問う。

「そうだよ。お前らが佐久間町に暮らしていた時のことをいろいろと聞き回っていた。俺の店にも客のような顔をしてやって来てさ。初めは、喜八坊の親父さんが架けてくれたかささぎ橋のことを訊いてきたもんだから、俺も調子に乗っていろいろ話しちまった。俺が川で溺れてたのを親父さんに助けてもらったこととか、それをきっかけに、橋を架ける動きが活発になったこととか。何というか、調子のいい男でね。人に話をさせるのが妙に上《う》手《ま》い。気づいたら、お前たちのこともしゃべっちまってた」

すまん——と、三郎太は頭を下げるが、しゃべられたからといって、困るようなことは特にない。

「そんなことは謝らなくていいよ」

喜八は穏やかな声で言い、さらに寅次郎と会った時の様子を尋ねた。

寅次郎は問いかけたり相槌《あいづち》を打ったりするだけで、自分のことはほとんど話さなかったという。とにかく、人に話をさせるのに長《た》けているのだそうだ。

　年齢は二十代の後半くらいに見え、中背でやや痩せ気味、人目を引くような顔の特徴はないが、ひどく愛想のよい男だという。

　三郎太の他にも、寅次郎からかささぎ組のことを訊かれた町民は幾人もいたそうだが、皆が同じような調子でしゃべらされたらしい。

「だが、俺たち佐久間町の連中は、誰一人、お前らのことを悪く言ったりしていない。それは信じてくれ」

　三郎太はいくらかむきになって言うが、そんなことは言われなくても分かっている。

「それより、何で寅次郎が俺たちのことを訊き回ってたのかが気になるよな」

「俺も自分がしゃべらされている時はまったく気づかなかったんだが、その後、近所の連中が同じようにしゃべらされたことを知って、妙だと思ったんだ」

「考えられるのは、誰かが若の素性調べを寅次郎に頼んだということでしょうか」

　弥助が考え込む様子で言う。

「そうなんだよ。後から、奴が凄腕《すごうで》の人探し屋だと知って、俺も弥助坊と同じように思った。それで念のため、百助さんにこの話を伝えておいたんだ。お前たちには百助さんが話してくれると思ってたんだがな」

「そのことは親父に確かめなきゃいけませんね。後で俺が家までひとっ走りして、すぐにでも若の前で申し開きするよう、親父に伝えておきますよ」

弥助は、まるで自分の父親が罪でも働いたかのような口ぶりで言った。

「いや、申し開きとか大袈裟《おおげさ》なことを言うなよ。ちょいとくわしく話してくれりゃ済むんだからさ」

と、弥助には言ったものの、喜八も今の話が気にかからぬわけではない。

「ところで、兄ちゃんが寅次郎に会ったのは一度きりなのか」

喜八が訊くと、三郎太はそうだとうなずいた。寅次郎と接した他の町民たちも皆、会ったのは一度きりであった。誰もが同じ日にものを訊かれたわけではなかったが、寅次郎が佐久間町に現れたのはほんの数日の間のことで、その後はぱたりと現れなくなったという。

「仕事が終わったからなのか、俺が百助さんに打ち明けたせいなのか、そこのところは分からないんだけどな」

三郎太が心配そうな表情で呟《つぶや》いた時には、いつの間にか弥助が姿を消していた。どうやら調理場へ下がったらしく、その後、現れた時には盆に三郎太が頼んだ茶飯やらがんもどきやらの料理を載せていた。

「あ、兄ちゃんの料理ができたみたいだな」

喜八は立ち上がった。

「お、茶飯はずいぶん大盛りだな。がんもどきもえらくでかいぞ」

三郎太は運ばれた品を見て驚いていたが、がんもどきの甘辛い香りを吸い込んで、目を細めている。

「それじゃ、兄ちゃん。ゆっくり食べていってくれ。お代わりもしてくれていいぞ」

「いや、これだけ食べたら腹いっぱいだろ。それじゃあ、いただきます」

三郎太は両手を合わせ、さっそく箸《はし》を手にした。一口大にしたがんもどきを口に入れ、じっくりと嚙《か》み締めた後、「いい味だな。そういや、昔、佐久間町のお前ん家《ち》で食べさせてもらったことがあったよ」と懐かしそうな表情を浮かべている。

がんもどきと茶飯をぱくぱく食べ始めた三郎太の様子を見届け、喜八と弥助はその席から離れた。

「今日のお昼過ぎの休みに、親父のとこへ行ってきますよ」

客席と調理場を仕切る暖簾の向こう側へ行ってから、弥助は厳しい顔つきで、喜八に小声で告げた。

二

満腹になった三郎太が食事の礼を述べ、寅次郎のことで出来ることがあれば言ってくれと言い残し、帰っていってから、かささぎは昼餉の客たちを迎えて忙しくなった。

その客たちが一通り出払った八つ半（午後三時頃）過ぎ、かささぎはいったん暖簾を下ろして休憩に入る。

「それじゃ、俺、家へ行ってきますんで」

弥助は昼餉も食べぬまま、そう告げた。

「待てよ。何か食ってからでも……」

と、喜八は声をかけたが、弥助の耳には入らなかったようで、あっという間に店を出ていってしまった。

「若……」

その声に振り返ると、松次郎が首を横に振っていた。

「あいつは若に申し訳ねえって気持ちでいっぱいなんでしょう。百助さんにはちゃんとしたお考えあってのことだと思いますが」

「そうかもな」

とは応じたものの、弥助がそこまで思い詰めるほどのことではない。

弥助の目に映る自分は、いまだに突然父親を喪《うしな》った時のよるべない少年のままなのだろうか。何かあると、盛んに心配してくれる三郎太の目に映る自分もまた――。

しかし、いくら口で大丈夫だと説いたところで、そのまま受け容《い》れてはもらえないだろう。本当に安心してもらえるには、喜八自身がそれだけのものを身につけなければ――。

それ以上は何も言えず、喜八は松次郎と二人で昼餉を共にした。三郎太にも出した茶飯に、焼き茄子《なす》、味噌汁の献立である。

「近頃は茗荷のご飯が多かったが、茶飯もほくほくして美味《うま》いな」

ほうじ茶でふっくら炊き上げた茶飯は、ただの白飯よりほのかに懐かしい味がする。

喜八たちが食事を終えて、松次郎が次の料理の仕込みにかかった頃、弥助が戻ってきた。

「ご心配をおかけして相すみません。今日の店じまいの頃を見計らって、親父が顔を出すと言っていますんで」

「そうか。百助さんは家にいたのか」

喜八が訊くと、今日は仕事がないので家にいたということであった。

百助は口入れ屋を通して、時折用心棒の仕事などを請け負っているのだが、長期の仕事は受けないようにしているという。それもいざという時、喜八のために動けなくなっては困るから、という理由なのだが、喜八としては申し訳ない。前に一度、そういう心配はもうしなくていいと持ちかけたことがあるのだが、暮らし向きのことは大八郎から譲り受けたものがあるので大丈夫、という返事であった。

町奴《まちやっこ》たちが一掃された大弾圧の際、逃げ延びるための資金として、大八郎が百助に渡したものがあったようだ。それを使わせてもらうからには、喜八の身を守ることがすべてに優先する、というのが百助の言い分であった。

（百助さんのそういう考え方を、弥助はそのまま受け継いでいるんだよな）

百助といい、弥助といい、喜八のこととなるとどうも大仰に考えるきらいがある。悶々《もんもん》としつつも、とりあえず喜八は弥助に昼餉を食べるよう勧めた。「あ、そうでした」と、弥助はようやく昼餉がまだだったことを思い出したようである。

「家と往復して腹も減ってるだろ。松つぁん、いつもより多めに飯を出してやってくれ」

喜八は松次郎にそう頼んだ。

弥助が大急ぎで昼餉を終えた夕七つ（午後四時）頃、かささぎは再び店を開ける。興行のない時なので、しばらくはそれほど客足も多くなかったが、夕刻の頃には相応の客を迎え、忙しくしているうちに、暮れ六つ（午後六時頃）となった。

百助がやって来たのは、最後の客が出ていった六つ半（午後七時）の頃である。

「失礼します」

いつもより遠慮がちな声がかけられ、弥助が戸を開けると、百助はすぐに入ってこようとはせず、喜八に目を向けるなり、その場で深々と頭を下げた。

「若に要《い》らぬご心配をおかけしまして」

そう言った後、頭を下げ続けたままでいる。

「おいおい、百助さん」

喜八は戸口まで足を向けた。

「そんなふうにしてたら、通りを行く人が何ごとかって思っちまうよ。顔を上げて、中へ入ってくれ」

「若がそうおっしゃるのでしたら」

百助は顔を上げたものの、中へ入って戸を閉めるなり、再び頭を下げる。

「ま、詫《わ》びはもういいからさ。こっちに座って、くわしい話を聞かせてくれ。そういや、飯は食ってきたのか」

喜八が尋ねると、「いえ」と言うので、それならここで一緒に食べようと喜八は言い、松次郎に支度を頼んだ。それから、がんもどきに茶漬け、味噌田楽などの食事が運ばれ、四人が一緒の席に着き、百助の話を聞くことになった。

喜八はすぐに出汁《だし》がたっぷりしみ込んだがんもどきを頰張《ほおば》り、「三郎太の兄ちゃんも言ってたが、いい味だな」と言ったが、百助も弥助も茶に口をつけただけで、箸を取ろうとはしない。

「実は、若にはすべてが解決してから話すつもりだったんですが」

恐縮したふうに言う百助に、喜八は「そんなことだと思ってたよ」と気軽に言った。

「そうかしこまってないで、ちょいちょいつまみながら話してくれりゃいい。せっかく松つぁんの美味い飯があるんだからさ」

喜八が勧めると、百助もようやく箸を手に取り、いくらか食事が進んだところで、本題の話を始めた。

「弥助の話じゃ、おおよそは三郎太の若旦那からお聞きになったと思いますが」

人探しの寅次郎なる者が佐久間町に現れ、喜八やかささぎ組のことを訊き回っていたことを、百助は三郎太から聞かされたそうだ。それで、百助自身も佐久間町へ足を運び、次に寅次郎が現れるのを待ち構えていたのだが、その途端、寅次郎も現れなくなってしまったという。

「ちょうど、若から巴屋の旦那のことを調べてくれと言われた頃でしたんで、ちょいと気になりましてね」

「それはつまり、巴屋の旦那が俺たちのことを知ってたのは、その寅次郎って人探し屋に調べさせたからじゃないかってことか」

「へえ。寅次郎が佐久間町に現れた時期は、若が巴屋の旦那と会う少し前だったものですから」

結局、百助は寅次郎と会えなかったが、その後、寅次郎のことを探ってみたという。すると、町中では凄腕の人探し屋として評判になっていること、人探しだけでなく素性調べも請け負っていることなどが分かった。一方、巴屋の主人の素性についてはいくら探ってもよく分からなかったそうだ。

「それで、そっちの方は鬼勘に頼んでみたわけですが、鬼勘の力をもってしても分からなかったとか」

弥助から聞いていたらしく、百助は残念そうに告げた。

「そうらしいな。伊勢から江戸に来たってことまでは分かったらしいけど、それ以前のことは分からないそうだ」

喜八はそう言ってから、茶を一口飲み、

「その寅次郎って男に、いっそ巴屋の主人の素性を調べてもらうってのはどうだろうな」

と、口にした。鬼勘からも遠回しに勧められたと話すと、百助がえっと驚きの表情を浮かべた。

「けど、相手は巴屋に頼まれて、若のことを探っていたかもしれねえ男ですぜ」

「それは仕事として請け負っていたんだろ。なら、俺が寅次郎に仕事を頼んだってかまわないんじゃねえかな」

「おっしゃる通りです。寅次郎とやらは素性調べもするそうですから、若の申し入れを断る理由はないでしょう」

と、弥助がこの席に着いてから初めて口を開いた。

「それに、俺だけじゃなくて、うちのお客の仲蔵さんって人が、寅次郎に仕事を頼みたいと言ってるんだ。つてがなくて困ってるって話だし、百助さん、寅次郎の消息が分かったら知らせてくれよ」

「へえ、それはもう」

百助は背筋を伸ばして返事をした。

「今じゃ、寅次郎はそこそこ大きな噂《うわさ》になってますからね。今のところ、仕事の依頼をしたって人に会ったことはないんですが、丁寧にたどっていけば、そういう人を見つけることもできるでしょう。何なら、堅気の誰かしらに頼んで、巴屋の主人から聞き出してもらう手もあります。これは、あっしの方で何とかいたしやしょう」

「巴屋の素性を調べるため、人探しの寅次郎の消息を巴屋自身に訊くってことか。何か妙ちくりんな話だな」

喜八が苦笑すると、「まったくで」と百助もしょうことなしに笑う。

「それじゃ、寅次郎の件は百助さんに頼むよ。できれば、寅次郎をこの店に連れてきてくれるとありがたいな。仲蔵さんのことも話したいし」

「分かりやした。見つけ次第、そのように手配いたしやしょう」

かしこまって言う百助は、まだ飯もお菜も半分ほどしか食べていない。

「まあ、この話はこれで終わりだ。百助さんも早く食べちまいなよ」

「へえ、ありがとうさんでございます」

百助は丁寧に言い、残った飯をかき込み始めた。弥助が空いた皿などを片付け、新しい茶を持ってくる。

「ところで、若」

と、それまで黙々と飯を食べるばかりで、話に入ってこなかった松次郎が口を開いた。

「何だ」

「そろそろ月も替わりますんで、五月の品書きについて考えていただけないでしょうか」

一品ずつ供する品書きは別として、何か目玉となる品があった方がいいというのである。

二月には午《うま》の日に、いつもと少し違ういなり寿司「初午いなり」を出し、三月の桃の節句には、菱餅《ひしもち》、雛《ひな》あられ、甘酒を組み合わせた「お雛さま」を出した。四月は日にちを限定した特別な品目を出していなかったので、五月はそういうものを出していきたいという。

「五月は、端午《たんご》の節句がありますしね」

皆の茶碗を入れ替えた弥助が言った。

「端午の節句か。この日はちまきを食べるのが慣わしだよな」

「近頃じゃ、柏《かしわ》の葉に包《くる》んだ餅を食べるようですが」

と、弥助が言い添える。

「柏餅だっけ。けど、それじゃあ、菓子屋みたいだしな」

「桃の節句の『お雛さま』がお菓子ふうでしたから、今度はしっかりと食べられるちまきにして、お客さんの反応を見るのはどうでしょう」

弥助の言葉に、松次郎がおもむろにうなずいた。

「それじゃあ、ちまきにするとして、二月の『初午いなり』みたいに、その日だけに限った特別なちまきを出したいよな」

喜八が言うと、「いいですね」と弥助が応じる。

「そもそも、ちまきってのはどういうのが正式なんだ」

喜八が松次郎に目を向けて問うと、松次郎がぽつぽつと語り出した。

「これが正式っていうのは、どうもよく分からねえようです。餅やもち米を葉で包んだものですが、その葉も笹《ささ》だの葦《あし》だの茅萱《ちがや》だの、いろいろあるようです。中身も団子だったり、餡《あん》入りの餅だったり、葛餅《くずもち》だったり、けっこうばらばらなんですな」

「それじゃあ、米の類《たぐい》を葉っぱで包むってとこだけ守れば、何でもありって感じだな」

「そうですな」

と、松次郎は言う。これまで、かささぎでちまきを出した時には、笹の葉を用いていたそうだが、節句の日だけ特別な感じを出すなら、別の葉を使うのもいいかもしれない。

だが、何でもありとなると、かえって決めるのが難しく、結局、案はまとまらなかった。

「まあ、五月まではまだ間があるし、少し考えてからまた話し合おう」

ということになる。

「あっしはそういうお話の手助けはできませんが、東先生あたりに伺ったら、いい案を出してくださるんじゃないですかね」

　百助は、三人が相談し合うさまを傍らで見ながら、最後に言った。

「そうだな。東先生ほど物知りな人はいないだろうし、実際、『お雛さま』の雛あられも、先生の言葉をもとに決めさせてもらった。お芝居の興行中はお忙しいようだったけど、今は暇になったろうから、また来てくださる日もあるだろ。何なら、おあささんを通して頼めばいいんだし」

　という喜八の言葉に、弥助がほんの少し眉をひそめた。

「若、こう申し上げては何ですが、東先生にしろおあささんにしろ、こっちから何かを頼むのはあまりお勧めできませんね」

「ん？　どうしてだ」

「あの父娘《おやこ》は若のお優しさをいいことに、あれやこれやと頼みごとをしてきます。若が一を頼めば、二や三の頼みごとになって返ってきますよ」

　弥助は渋い顔つきになって言う。

「いいじゃねえか。先生にしろおあささんにしろ、いい人なのは間違いないんだからさ。ま、ちょいと難儀なとこもあるけど、こっちもいろいろ助けてもらってる。お互いさまだよ」

　喜八が言うと、弥助はもう言葉を返してはこなかった。

「お前、何か不機嫌になってないか」

喜八は弥助の顔をのぞき込むようにしたが、「いえ、別に」と淡々と返されただけであった。

「それじゃあ、若」

と、百助が気を取り直した様子で言い、「今日はこのあたりで」と立ち上がる。

「寅次郎のことで分かりましたら、今度はすぐに知らせますんで」

と言い置いて去る百助を、弥助と二人で見送った後、

「お前、やっぱり不機嫌そうだよな」

と、喜八は弥助に声をかけた。

「そんなことはありませんよ」

と、返す態度はそっけない。

「お前、東先生のことが嫌いなのか」

ふと思い当たって喜八は問うた。

「嫌いじゃありませんが、好きでもありませんね。ああいう押しの強いお方が若のそばをうろつくのは、あまりいいこととも思っていません。かといって、お客さまですから、そういう思いを表立って示すつもりもありませんが」

喜八自身は儀左衛門と話をするのは楽しいし、教えられることもある。それに、元かさ

さぎ組の一員である鉄五郎《てつごろう》の弟、六之助の師匠でもあるのだから、弥助にも儀左衛門を嫌わないでほしいが、好き嫌いだけは本人の心次第だろう。

「そうか。まあ、東先生に気づかれなきゃいいんだけどさ」

「あの先生はお芝居のことにしか興味がなさそうですから、大事ないでしょう」

弥助から言われ、確かにその通りだと喜八も思った。

「まあ、お前なら表と裏をちゃんと使い分けられるよな」

喜八は言い、弥助と共に店へ戻った。奥では松次郎が明日の仕込みを黙々とこなしていた。

三

その翌日、昼時におあさとおくめがやって来た。そこで、さっそく儀左衛門にも店に来てほしい旨《むね》を伝えると、

「お父つぁんなら、今晩あたり六之助さんとお邪魔するんじゃないかしら」

という返事である。

「ほら、千穐楽《せんしゅうらく》の日、のこのこ巴屋さんに行ったことで、あたしが文句を言ったら、少ししょげちゃって。かささぎさんにも合わせる顔がないって、少し自粛していたみたい」

とはいえ、かささぎの料理が恋しくてならず、そろそろ我慢の限界が来ていたようだとおあさは言った。

「あの先生がしょげちゃうって、おあささん、どれだけ先生を叱《しか》ったんだよ」

「かささぎさんとの約束を破った上、巴屋さんに顔を出すなんて、節操がなくて恥ずかしいって言ってやったの。茗荷をたくさん食べて物忘れしたなんて言い訳、通用しないのよって」

おあさは語気激しく言う。

「でも、その時の先生は少しおかわいそうでした。お嬢さんにすっかり言い負かされてしまって、言葉を返すこともおできにならず」

おくめが気の毒そうに言い添えた。どうやら相当な修羅場だったようだと、喜八は想像する。

「そりゃあ、先生は気の毒だったな。まあ、俺は気にしてないから、これからもどんどん来てもらいたいよ」

「喜八さんは本当にお優しいのね。でも、お父つぁんみたいに図々しい人は甘やかしちゃだめよ」

と、おあさは喜八に忠告する。ふと冷たい眼差《まなざ》しを感じて、喜八が振り返ると、弥助がこちら——というよりおあさを見ていた。が、おあさは気づいていないらしい。

その後、おあさとおくめはいつものように品書きを眺め始めた。前に食べた時の味が忘れられないと言い合い、二人とも焼き茄子の他、それぞれ好みのご飯と汁物を添えて注文している。

二人が満足そうな様子で帰っていったこの日の夕刻、儀左衛門と六之助がやって来た。最も奥まった「い」の席は、通い詰めていた頃の儀左衛門の定席である。この時は空いていたので、喜八はそちらへ二人を案内した。

「何や、若旦那があてを待っててくれたそうやないか」

巴屋へ出向いたことなどなかったかのように、儀左衛門はいきなり言った。

「いや、お客さんのお越しはいつでもお待ちしていますよ。ただ、先生にはちょいと相談したいこともありましてね」

喜八が言うと、儀左衛門は機嫌よくうなずき、思い切り胸を張る。

「さよか。いやいや、頼りにされすぎるのもしんどいけど、あてにできることなら力をお貸ししまひょ。どないな役をやりたいのか、言うてくれれば、若旦那のための台帳を書いてやってもええさかい」

勘違いが甚だしい。

「いえ、先生。芝居のお話じゃないですよ」

そのことだけは前もってはっきりと言っておかなければならない。すると、儀左衛門は目に見えてがっかりした様子を見せた。

「まあ、そのお話は後でするとして、まずは何にいたしますか」

「あては茗荷尽くしや」

儀左衛門は一瞬の迷いも見せずに言った。とはいえ、茗荷尽くしという一そろいの献立があるわけではない。

「あとは六之助、あんたに任せるさかい、適当に見繕って頼んどき」

儀左衛門の指示を受けた六之助は慣れたもので、

「それでは、先生には茗荷を含む衣揚げと熱燗《あつかん》、それから茗荷と玉子の澄まし汁に……」

と、品書きを見ながらすらすらと注文し始めた。

まだ他の客も大勢いたので、ちまきの相談は後回しにし、まずは注文の品を席へと運ぶ。衣揚げの皿を届けると、「お、これを待っとったのや」と儀左衛門はご機嫌な様子で、さっそく箸を手に取った。盃《さかずき》を傍らに、茗荷をはじめとする衣揚げを美味《おい》しそうに摘《つ》まんでいる。

そのうち儀左衛門たちの食事も終わったが、儀左衛門は酒を、六之助は茶を飲みながら、店に残り続けた。二人はしばらく、芝居の話などをしていたようだが、やがて儀左衛門は以前のように帳面と矢立《やたて》を持ち出して、何やら書き始め、六之助はその邪魔をしないようにおとなしくしている。

やがて、他の客たちが一組、二組と去っていき、店の客が二人だけとなってから、弥助が暖簾を下ろし、喜八は儀左衛門の席へ向かった。

「先生と六之助さんには、遅くまで残っていただき、申し訳ありません。今日のお代はけっこうですので、少しお知恵を拝借願えませんでしょうか」

「ふん。何の話や。芝居のことでのうて、あてが力になれることはないと思うけどな」

と、儀左衛門は帳面から顔を上げて問う。

「そんなことはありません。お伺いしたいのは、端午の節句で食べるちまきについてなのです」

「ちまきについて、やと？」

「はい。ちまきはふだんの品書きにも入っていますが、端午の節句当日はその日限りの特別なちまきを出したいと考えています。うちの料理人に尋ねたところ、ちまきは調理の仕方もさまざまで、ご飯や餅を包む葉もいろいろあるのだとか。そこで、物知りの先生にどういう形のちまきがあるのか、古いものからめずらしいものまで、いろいろ教えていただきたいんですよ」

「ああ、そういうことだったんですか」

と、六之助がのんびりした声を上げた。

「端午の節句のちまきといえば、『屈原《くつげん》』やな」

と、儀左衛門が不意に力のこもった声を出す。

「さようでございますとも、先生」

と、六之助が大きくうなずき返した。

「屈原って、そういや、聞いたことがあるような……」

喜八が呟いていると、

「ちまきの起源に関わりのある異国の人物ですね」

と、弥助が言った。儀左衛門が眼鏡の位置を直しながら、ほうという目を弥助に向ける。

「弥助はんは、屈原についてくわしく知ってはるんか」

「確か、支那《しな》が戦国の世であった頃、楚《そ》という国にいた人ではないでしょうか」

「ふんふん。それで」

儀左衛門は弥助に話の続きを迫った。

「屈原は汚れた世の中を嫌って川へ身投げしますが、人々はその亡骸《なきがら》が魚たちに食われぬようにと、米などを川へ投げ込みました。その後、屈原の命日にはその魂を慰めるため、米や餅を川へ投げ入れるようになった。それがちまきの起源だったと存じます」

弥助は滑らかに語り終えた。

「ほほう。弥助はんは舌がよう回るだけやのうて、物知りでもあるんやな」

感心したように儀左衛門が言い、「まったくです」と六之助も言った。

「私が屈原について知っていることは、あらかた弥助さんに言われてしまいました。これでも、狂言作者を目指す身として、故事や古典には通じているつもりでしたが」

六之助もすっかり感服している。

「弥助は餓鬼の頃から賢かったからな」

喜八は自分が褒められたよりも嬉しく、得々と言った。

「大したことではありません。むしろ、先に若にお話しせずすみませんでした。屈原の話をしたところで、お考えの助けにはならないと思っちまって」

弥助はさして嬉しそうでもなく、むしろ申し訳なさそうな目をして言う。

「ふうむ。若旦那が知りたいのは、ちまきのあり方というわけやな」

儀左衛門は腕を組んで考え込む様子である。

「屈原の話は私も存じていますが、ちまきがどんなふうだったかは知りませんなあ。米やら餅やらを葉で包んで投げ入れたとしか。何といっても、古い話ですし」

六之助が仕方なさそうに言うのに対し、儀左衛門は不意に腕組みを解いて「いや」と言った。

「ちとはっきりしない記憶やったけど、今思い出した。初めは米を竹の筒に入れて川へ投げ入れとったはずや。けど、蛟龍《こうりゅう》に食べられんようにと、蛟龍の嫌う棟《おうち》の葉を使うようになったと聞いたことがある。要するに、それがちまきの起源なんやな」

「そうすると、古い形を再現して、節句の日だけは楝の葉に包んだものを供するなんてのもありだな」

多くの人はそんな起源のことまで知らないだろうから、そういう故事を聞きながら、昔の形のちまきを食べられれば喜んでくれるのではないだろうか。

「いえ、楝の葉はおやめになった方がよろしいと存じます」

その時、六之助がいつになく難しい顔で言い出した。

「楝は梅檀《せんだん》のことです。梅檀は薬や木材としても使われる木ですが、古くはこの木に獄門の首を架けておりました。役に立つ一方、縁起の悪い木とされることもありますから、茶屋でお出しになるちまきを包むのはよくないでしょう」

「せやな。梅檀は虫除《むしよ》けとしても使われる。そういう使われ方なら嫌われはせんが、食べ物を包むのは縁起でもないと思う人かておるやろ」

と、儀左衛門も言った。

「なら、楝の葉はなしだな。といって、竹筒を用意するのも難しいし」

喜八は考え込む。すると、儀左衛門は「そない難しゅう考えんでもええやろ」と言い出した。

「若旦那もさっき言うとったが、今じゃ、ちまきは土地によってさまざまな形があり、包む葉もいろいろや。それで決めかねると言うんなら、縁起のええのがいちばんやろ」

儀左衛門が話をまとめるように言った。

「縁起がいいとは——?」

「端午の節句には菖蒲湯《しょうぶゆ》に浸かる風習があるやろ。菖蒲は邪気を祓《はら》うと言われとって、古くから端午の節句と縁の深い草花や。今でこそ、ちまきを包むことはせんようやけど、『伊勢物語』には飾りちまきを菖蒲で包んだという話も載っておる」

儀左衛門の言葉を少し咀嚼《そしゃく》するふうに考えていた弥助が、おもむろに口を開いた。

「ちまきを包むのに菖蒲の葉を使わなくなったのは、香りが強いからかもしれません。けれども、ちまきの中身をいったん香りのない葉で包み、その上から菖蒲の葉で包めば、さほど邪魔にはならないでしょう」

「そうだな。それに菖蒲の葉は持ち帰ってもらって、家で香りを楽しんでもらうこともできるかもしれねえ」

喜八も弥助の案に乗り気になった。

「松のあにさんに話を聞いてみましょう」

弥助はすぐに立ち上がると、調理場にいる松次郎のもとへ向かった。

その間、儀左衛門と六之助はさらに菖蒲の蘊蓄《うんちく》を語り続ける。

「菖蒲は武道を尊ぶ『尚武《しょうぶ》』に通じるさかい、端午の節句が武家の男子の健やかな成長を願うものとなったのや。『伊勢物語』の頃は、そないな風習はなかったさかいな」

「しかし、今はお武家さまの支配する世の中ですから、菖蒲の葉を用いれば、喜ばれますでしょう」

「せやな。菖蒲の葉は邪気を祓う上に、『尚武』に通じる。ええこと尽くしや」

儀左衛門や六之助からそう言われると、菖蒲の葉を用いるのは確かによい案だと、喜八も思えてきた。

「それなら、菖蒲ちまきって品書きにするのはどうでしょう」

喜八がふとした思い付きを口にすると、儀左衛門がおやという目を喜八に向けた。

「若旦那、あんた、知恵や教養は弥助はんに及ばんようやけど、時折、気の利いたことを言わはるのやな」

褒められたのかけなされたのか分からないが、少なくとも弥助は褒められているので、よしとしよう。

そんな話をしているうちに、弥助が松次郎を連れて調理場から戻ってきた。松次郎は儀左衛門と六之助に挨拶《あいさつ》した後、

「おおよそは弥助から聞きました」

と、喜八に目を向けて言った。

「それで、松つぁんはどう思う」

「香りの強い菖蒲の葉でそのまま包むより、いったん笹の葉で包んだものをさらに菖蒲で

包むのがいいでしょう。持ち帰りもよしとするなら、笹の葉で包んだものをお渡しし、菖蒲の葉は別に添えてもいいかと」

「よし、それでいこう。名前は菖蒲ちまきにしようかと思うんだ」

「若のお考えのままに」

と、松次郎に否やはない。もちろん、弥助が反対するはずもなかった。

「縁起のよさを売り物にするなら、中身はもち米と搗栗《かちぐり》を混ぜたものなどどうでしょう」

松次郎はさらに言った。天日で干して臼《うす》でついた搗栗が少し保存してあるという。

「搗栗に『勝つ』を掛けるというわけか。面白いな」

喜八は破顔した。さらに出汁は縁起のよい昆布と、「勝つ」にかけた鰹節《かつおぶし》を用いる。どちらもめずらしい出汁ではないが、縁起のよさが売り物だと話せば、お客さんは喜んでくれそうだ。

こうして、端午の節句で出す一日限定のちまきは、おおよそのところが決まった。

「先生と六之助さんのお蔭《かげ》です。ありがとうございました」

喜八は弥助、松次郎と共に礼を述べた。

「ま、そないなことはええ。話は『屈原』のことや」

いきなり、儀左衛門が言う。今さらそこへ戻るのかと、喜八は怪訝《けげん》に思った。

「五月五日から、山村座で『屈原』の芝居がかけられるのを知ってはるか」

「いえ、それは初耳でした。屈原の芝居なんてあるんですね」

異国の話を演じるのはめずらしい。

「せや。台帳を書いたのはあてやない。あてはこれまで異国の話を書いたことはなかったさかいな」

と、儀左衛門はどことなく悔しそうに言う。

「しかし、先生ならば異国のお話もお書きになれるはず。屈原のお話もお書きになっては いかがでしょうか」

すかさず、六之助が儀左衛門に勧めた。

「そのことや。あても前々から屈原を書きたいと思うとった。まあ、今回の山村座は逃してしもたが、新しいのを書き上げたら、来年は他の芝居小屋に持っていってもええ」

「おっしゃる通りです。ぜひとも先生の屈原を書き上げてください」

儀左衛門と六之助は勝手に盛り上がり始めた。その二人の眼差しがつと、喜八と弥助の方へと向けられる。

「まだどないな話にするか決まってないさかい、もう少し先になるけど、話が固まってきたら、また台帳書きの手伝いを頼みますわ」

案の定の依頼である。

「お待ちください。あの台帳書きのお手伝いは、舞台でかささぎの名を出すというお約束あってのものでした。それが難しくなったのですから、もうこれ以上は――」

と、弥助が懸命に抗《あらが》おうとする。

「この作は山村座以外に持ってくもんやさかい、巴屋の邪魔は入らへん。ちゃあんと、かささぎの名を出したるさかい、安心しい」

そう言い切るなり、今日はこれで帰ると、儀左衛門は立ち上がった。六之助が提灯《ちょうちん》を手に取り、あたふたと帰り支度をする。

払いをしようとする六之助に、今日はけっこうですと断り、喜八は弥助、松次郎と共に二人を見送った。外はもうすっかり暮れている。初夏の夜風を心地よく頬に受けながら、

「端午の節句、またお客さんに喜んでもらおうな」

喜八は気合をこめて二人に言った。

四

喜八たちは端午の節句の準備をしながら、百助が人探しの寅次郎を見つけ出してくれるのを待ち続けている。同じように寅次郎を探す仲蔵が再び店に現れたのは、四月もあと五日を残すばかりとなった日であった。

「あ、仲蔵さん。いらっしゃい」

名を呼んで挨拶し、喜八は空いている席に仲蔵を案内した。

「若旦那、あっしの名前を覚えてくださったんですね」

と、仲蔵は歯を見せたものの、すぐに表情を引き締めて、

「来て早々に何ですが、人探しの寅次郎の消息の方はいかがでしょうか」

と、問うてきた。

「いえ、実はそれがまだ」

申し訳ないが、首を横に振るしかない。すると、仲蔵は目に見えてがっかりした様子を見せた。

「すみません。何とかお力になりたいと思ってたんですが」

ますます申し訳ない気持ちで、喜八は謝った。

「いや、こっちこそ相すみません。いくら評判になってるからといって、仕事と通り名だけを手掛かりに人を探す難しさはよおく分かってます。それこそ、人探しの寅次郎に頼みたいところですよ」

最後は軽口だったのだろう。仲蔵が苦笑したので喜八も笑い返した。

するとと、仲蔵はどこかぽかんとした顔つきで、喜八のことを見つめている。

「どうかしましたか」

喜八が問うと、

「いや、とんだ失礼を」

と、仲蔵は喜八から目をそらし、瞬《まばた》きをくり返した。

「若旦那にちょいとよく似た昔馴染みがいましてね」

「そうなんですか。もしや、お探しの人とはその方でしたか」

仲蔵が昔の馴染みを探していると言っていたことを思い出して、喜八は尋ねてみた。しかし、仲蔵はその問いかけには答えず、

「そいつはねえ、若旦那みたいな男前だったんですよ」

と、しみじみした口調で呟いた。

「いや、今だって年は食っても、男前なんだろうと思いますがね。男前の奴は女に好かれるだけじゃないんですな。男からもやんややんやともてはやされて、人付き合いの多い男でした。人柄がちょいと軽いのが玉に瑕《きず》でしたが、愛想もよくて、皆から好かれていましてねえ」

と、仲蔵は遠い目をしている。

「懐かしく思っておいでなんですね」

喜八が言うと、仲蔵ははっと我に返り、

「これは、余計なことをべらべらと――」

と、恐縮したふうに呟いた。

「いえ、お客さんさえよろしければ、俺はいつでもお話をお聞きしますよ」

喜八は朗らかに言った。

「ありがとうございます。若旦那がちょっくらあいつに似ているから、つい口が滑ったようです」

それ以上は語るつもりがないらしく、仲蔵は壁の品書きに目をやった。茄子の漬物、白瓜《しろうり》の煮物、干瓢《かんぴょう》の海苔《のり》巻きという注文を受け、喜八はいったん調理場へ下がった。

その後、仲蔵の注文の品を席へ運び、食事が終わった頃を見計らって、仲蔵の席へ行く。

「ご馳走《ちそう》さまでした。白瓜の煮物は初めて食べましたが、実に優しい味わいでした」

仲蔵は満ち足りた顔つきで述べた。

「それはありがとうございます。故郷へお帰りになると伺いましたが、それまではぜひご贔屓《ひいき》に願えると嬉しいです」

「こちらこそ。美味い飯を食べさせてもらえるだけじゃなく、面倒なお願いごとまでしちまいまして」

「そのことなんですが」

喜八は少し話があると断り、空いた皿を下げてから仲蔵の前の席に座った。

「実は、寅次郎自身の消息はからきしなんですが、寅次郎に会ったという人物は見つかりましてね」

喜八はまず、三郎太がこの店へ来て話したことを告げた。喜八たちと三郎太との関係については伏せたが、神田佐久間町に寅次郎が出入りしていたこと、今はもう現れなくなってしまったことを伝える。

「その方は寅次郎と直《じか》に会われたのですね」

仲蔵は表情を変え、前のめりになって訊き返した。

「何歳くらいの男なんですか。背の高さや顔立ちなどについて、お訊きになりましたか」

「二十代後半くらいで、背の高さは中くらいだそうですよ。ひどく愛想のよい人で、聞き上手っていうんですかね、相手にしゃべらせるのが上手い人らしいです」

喜八は三郎太から聞いた通りに答えた。

「二十代後半くらいで、愛想がよい……」

仲蔵は考え込む調子で言い、しばらく黙り込んでいた。

「仲蔵さん？」

あまりに長い沈黙に、喜八が声をかけると、仲蔵は「ああ、すみません」と思い出したように呟いた。

「今の話で、寅次郎に何か心当たりでも？」

「……いえ。あっしが仕事を頼むのは初めてなもので」

「そうでしたね。俺の知り合いが引き続き、寅次郎を探してくれてますので、消息がつかめたら仲蔵さんにもお知らせしたいと思っています。できれば、うちの店に連れてきてほしいと頼んであるので、もしそうなったら、仲蔵さんのことを話してかまいませんか」

「へえ、お願いいたします。あっしもまた、折を見て、こちらへ寄らせてもらいますんで」

それから仲蔵は、江戸のあちこちの茶屋に出入りし、寅次郎のことを訊き回っているのだと打ち明けた。

「やはり茶屋は人の出入りが多いですから、どこかに寅次郎の消息を知る人がいないかと思いましてね」

ただ、寅次郎の噂は知っていても、直に知る人にはなかなかめぐり会えないという話であった。

「今お聞きした神田佐久間町の三郎太さんは、寅次郎をご存じなんですよね。あっしがお話を聞きに行ってもかまわないでしょうか」

「大丈夫だと思います。それに、佐久間町では他にも何人か、寅次郎と会った人がいるそうですよ」

喜八はそう言い、神田川に架かる通称かささぎ橋——公には三倉橋《みくらばし》という橋の近くにある、三郎太の古着屋の場所を伝えた。

「仲蔵さんはその昔馴染みの方に再会するまでは、故郷へ帰らないんですか」

「どうしても見つからなけりゃ仕方ないですが、とりあえず、できるだけのことはやってからでないと、なかなか踏ん切りもつかなくて」

と、仲蔵は言った。

「あっしには大恩あるお方がおりましてね」

ふと、仲蔵は問わず語りを始めた。その眼差しが再び遠いところを見つめている。

「もうとっくの昔にお亡くなりになったんですがね。そろそろ十年近くになりますか。探してるのは、その方が大事に思っていた人なんですわ。もしかしたら――まあ、これはあっしの思い過ごしかもしれないんですが、そいつが危ないことに頭を突っ込みそうな気がしましてね」

「仲蔵さんはその人を守りたいと思っておいでなんですね。大恩を感じているお方の代わりに――」

「いや、そんな大した話じゃないんですがね」

仲蔵は喜八に目を向け、照れくさそうに笑った。ともすれば厳《いか》つそうに見える顔立ちが、笑うとたちまち親しみやすくなる。

「一応、忠告くらいはしてやらないと、故郷へ帰ってからも寝覚めが悪くなりそうなもんで」

仲蔵はそう言い、また来ると約束して、その日は帰っていった。

五

百助が件《くだん》の寅次郎を連れて、かささぎへ現れたのは何と、その翌日のことであった。

百助がかささぎへ現れるのは店じまいの後が多いが、この日は寅次郎を伴っていたせいか、暮れ六つの少し前、まだ暖簾を下ろさぬうちにやって来た。

「もしや、お連れの人は……」

喜八が百助の連れに目を向けて呟くと、

「こちら、若が会いたがっておられた寅次郎さんでさあ」

と、百助が答えた。

「ああ、おたくがそうですか。佐久間町の三郎太の兄ちゃんから聞いてましてね」

確かに目の前の寅次郎は中背で、年の頃は三十路《みそじ》には届かずといったところだ。喜八が空いている席へ案内すると、寅次郎は席に着く前からぺらぺらとしゃべり出した。

「いやいや、こちらが例の若旦那ですな。佐久間町の皆さんから聞かされてましたよ。えらく男前の若旦那だってね。お会いするのは初めてですが、確かにたいそうな男前だ」

愛想のよさも噂の通りである。終始にこにこしており、声も明るい。

「あ、あちらにおられるのが百助の旦那の倅《せがれ》さんですな。ええ、ええ。お名前もしっかりと、店の中にいた弥助を目ざとく見つけ、大きな声で言う。

「ははあ、あちらはあちらで、渋い男前ですねえ。百助さんのお若い頃がしのばれる。いやはや、女子衆《おなご》が寄ってきて大変だったんじゃありませんか」

話し相手は百助だが、店中に聞こえるような大声を出すものだから、他の客たちの注目を集めている。百助は苦々しげな表情を浮かべていたが、弥助ときたら平然としたものであった。つかつかと寅次郎の席に近付き、

「おたくが寅次郎さんですか」

じっとその目を見据えて淡々と問う。

「ええ、そうですよ」

「今のお言葉ですが、俺は女子衆に寄ってこられて大変な思いをしたことはありません。俺は親父に似てるとよく言われますんで、その寸法でいくなら、親父も若い頃そんな思いをしたことはなかったでしょう」

「は？」

さすがの寅次郎もきょとんとした顔つきだが、

「寅次郎さんの勘違いを正して差し上げたまでです」

弥助は何事もなかった様子で言い、続けて「注文はどうしますか」と話を変えた。そこ

で、寅次郎らの注文を受けるのは弥助に任せ、喜八は別の席の後片付けに向かった。

(仲蔵さんが今日寄ってくれてたらなあ)

一日違いとは何とも惜しい。昨日の今日では、仲蔵が店へ来ることはないだろう。知らせようにも、生憎《あいにく》、仲蔵の住まいまでは聞いていなかった。寅次郎に連絡手段を聞いておき、次に仲蔵が来た時、伝えるしかなさそうである。

喜八が空いた皿を片付けて調理場へ入ると、弥助も寅次郎たちの注文を受けてきたところであった。

「愛想のいい人だと聞いちゃいたが、思っていたより強烈だな」

喜八が言うと、弥助は「軽はずみに見えますが、あれで凄腕の人探し屋なんですかね」とどことなく厳しい口ぶりである。

「まあ、軽そうに見せて、相手を油断させるのかもしれないぞ」

「確かに、相手の口を軽くさせるには、ああいう人柄がいいのかもしれません」

寅次郎が何を注文したのか尋ねると、酒に合うつまみを訊かれたので、衣揚げの盛り合わせとがんもどきを勧めたところ、そのまま注文したという。百助と酒を酌《く》み交わしながら料理を摘まむつもりなのだろう。

「店じまいまでさほどありませんので、このまま親父に引き留めてもらって、暖簾を下ろした後、ゆっくり話を聞かせてもらいましょう」

「そうだな。百助さんがどうやって寅次郎さんを見つけ出したのか、そこんとこの話も聞きたい」

喜八と弥助は顔を見合わせ、互いにうなずき合った。

それから、最後の客がいなくなるまで、百助と寅次郎は酒と料理を口にし続け、暖簾を下ろしたところで、喜八と弥助は二人の席へ向かった。喜八は百助の隣の席を勧められ、弥助は立ったままでいいと言うのでそのまま、寅次郎と話をする。

「いやあ、百助さんからお話は聞いてますよ。こちらの若旦那があっしに仕事を頼みたいって。他にも、こちらのお客さんで、あっしを探しているお人がいるんですってね」

寅次郎は酒も入ったせいか、ご機嫌な様子で言った。

「そうなんです。実は昨日、そのお客さんがいらして、寅次郎さんのことを尋ねていかれたんですよ。早くお引き合わせして差し上げたいんですが」

「それは入れ違いになっちまいまして。あっしへの依頼は大概、前のお客さんのつてなんでね。つてもないのに仕事を頼みたい人がいるとは、存じませんでしたよ」

「寅次郎さんのことは町で大評判なんですよ。つてがなくても仕事を頼みたい人は大勢いるでしょう。何たって、お旗本の中山勘解由さまが寅次郎さんのことを口になさっていたくらいですから。俺に寅次郎さんのことを教えてくれたのは、中山さまなんですよ」

「ひゃあ、そうだったんですか」

寅次郎は跳び上がらんばかりの驚きぶりを見せた。

「あっしのことがそんなに町で話題になってたなんてね。しかも天下の鬼勘、いや、中山勘解由さままでお心に留めてくださったとは、探し屋冥利《みょうり》に尽きるってもんでさあ」

まんざらでもない様子で寅次郎は鼻の下をこすっている。

「ところで、この人気者の寅次郎さんを、百助さんはどうやって見つけ出したんだ」

喜八は傍らに座る百助に目を向けて問うた。

「へえ。あっしが前に用心棒を請け負った店の旦那さんに、寅次郎さんの話をしてみたんでさあ。桔梗屋《ききょうや》って菓子屋なんですが、そこのお客さんの中に、たまたま寅次郎さんに仕事を頼んだ人がいましてね。その人に仲立ちしてもらい、寅次郎さんに桔梗屋さんまでお越し願ったわけなんです」

百助の目に、それとなく訴えてくるものがある。桔梗屋の客とは巴屋の主人のことなのだと、喜八は理解した。巴屋の主人を仲介役とし、寅次郎を桔梗屋へ呼び寄せたというわけだ。依頼主が桔梗屋と思って現れた寅次郎は、そこで百助につかまったのだろう。

「そんな回りくどい言い方をしなくたっていいじゃありませんか、百助さん」

その時、寅次郎の表情がにわかに変わった。愛想のよさがなくなったわけではないが、その笑みの下に一筋縄ではいかない抜け目なさのようなものがうかがえた。

「どこが回りくどいって言うんです」

百助はとぼけた。

「桔梗屋を餌《えさ》に、寅次郎を釣り上げた。そうおっしゃればいいじゃありませんか」

寅次郎は粘り気のある声を出した。

「そりゃ、あまりに遠慮がなさすぎでしょう。寅次郎さんを魚に、桔梗屋さんを魚の餌にたとえるわけにゃいきませんよ」

百助が落ち着いた様子で言い逃れようとする。

「ほう、では言い方が違うだけで、実はあっしの言った通りだと認めていらっしゃるわけですな」

寅次郎が百助の顔をのぞき込むようにして訊いた。その時、

「寅次郎さん」

と、喜八は会話に割って入った。

「百助さんがどういうやり方でおたくにたどり着いたかは、大体分かりました。それで、寅次郎さんを怒らせてしまったんでしょうか」

「いやいや、若旦那」

寅次郎はころりと態度を変え、喜八には穏やかな表情を向けた。声も前のような明るいものに戻っている。

「ちょいとばかし、美味い肴《さかな》で酒を過ごしたせいか、酔っ払っちまったみたいで。桔梗屋さんが囮《おとり》であることに気づかず、引っかかっちまった自分に腹を立ててるだけなんです。百助さんを不快に思ってるわけじゃない。人探しなんていう、人の裏をかく仕事をしてるあっしが、裏をかかれたってのが悔しくってね」

口惜しさと苦笑を交えたその口ぶりに、偽りの響きは感じられなかった。

「なら、俺が仕事を頼んだら、引き受けてくれますか」

「もちろん、お引き受けしますよ。ただし、相手が江戸住まいの場合に限りますが」

「俺が頼みたいのは人探しじゃなく、ある人の素性を探ることなんですが」

「へえ。素性調べもいたしますよ」

「なら、木挽町の大茶屋、巴屋の旦那の素性を調べてください」

喜八は間を置かず、一息に告げた。寅次郎の顔から目をそらさない。どんな表情の変化も見逃すつもりはなかった。

寅次郎は一瞬、息を止めたようであった。それから、

「ありゃりゃ」

と、おどけたように頭を抱えてみせる。

「たぶん、もうお気づきなんでしょうが、巴屋の旦那といえば、こちらの若旦那と弥助さんのことを調べるよう、あっしに依頼してくださったお客さんでしてね」

「俺たちもそうだろうと思って、寅次郎さんを探していたんですよ」

「さようでしたか」

寅次郎はさばさばした調子で言った。

「前のお客さんを標的にはしない、という取り決めでも？」

「いやいや、そんな決まりごとはありませんよ」

寅次郎はひらひらと手を振ってみせる。

「はっきり言っておきますが、あっしはお客さんにもその標的にも肩入れはしない。お二方の間にどんな経緯《いきさつ》があったのかは、あっしには関わりないことだしね。だから、お引き受けすることに差し支えはありませんよ。ただし、あっちに用心される恐れはあるから、ふつうの仕事よりも手間はかかりますが」

「それはかまいません。どうやら伊勢から江戸へ来た人らしいんですが、できれば伊勢にいた頃のことも調べてほしいんです」

「そりゃ手間だけじゃなく、金もかかりそうですな」

寅次郎は喜八の顔色をうかがうような眼差しをしてみせた。値段を尋ねると、ひとまず調査のための費用として一貫文を払ってもらいたいと言う。喜八自身に持ち合わせはなかったから、叔母のおもんに訊いてみるしかないが、かささぎを守るためだといえば出してくれるだろう。

寅次郎は四日後の四月末日の夕刻、再び店へ来ると言うので、喜八はそれまでに金を用意しておくことを約束した。

「ちなみに、寅次郎さんがその日にここへ来ること、うちのお客さんにお伝えしてかまいませんか」

「あっしに仕事を頼みたいっていう人のことですな。その人はどこにお住まいなんでしょう」

何だったら自分から訪ねてもかまわないというような気安さで、寅次郎は訊いた。

「生憎、お住まいはお聞きしていないんです。仲蔵さんとおっしゃるんですか」

「……そうですか。お名前だけじゃ、どうにもなりませんな」

寅次郎は呟き、仲蔵が四月末日にこの店へ来るなら依頼の話も聞くと言った。

その間に、仲蔵が店へ来るかどうかは分からない。だが、仲蔵は三郎太に話を聞きに行くと話していたから、前もって三郎太に言づけておけば、何とかなるのではないか。

この日、寅次郎を送り出してから、喜八がそのことを話すと、百助は明日にでも三郎太のところへ行くと請け合った。そして、実際にそうしてくれたのだが、仲蔵は四月末日、かささぎには現れなかった。喜八の方は用意していた一貫文を寅次郎に渡し、巴屋の素性調べを引き受けてもらえたのだが……。

五月になってから、百助が再び三郎太のもとを訪ねてくれたが、仲蔵という男は訪ねてこなかったそうだ。佐久間町に暮らす他の者に訊いても、仲蔵と会った者はいなかった。

そして、仲蔵とは連絡を取れぬまま、やがて五月五日――端午の節句の日を迎えることになった。

六

「さあさあ、皆さん。今日は山村座で『屈原』の初日です。屈原といえばちまき。かささぎでは、節句当日に限った『菖蒲ちまき』っていうのを出してます。いつものちまきとちょいと違う。これは邪気を祓う菖蒲の葉に包んでるんです。香りが強いからって心配ご無用。中身の飯はちゃんと笹の葉に包んであります。お持ち帰りもできますよ。そういう方には菖蒲の葉は別におつけします。さあさ、どなたさまも今日は菖蒲ちまきを召し上がってください」

喜八は芝居小屋へ向かって歩く人々相手に声を張り上げた。

「お、そう言われちゃ、今日はちまきを食べないわけにはいかないねえ」

そんなふうに、店に入ってくれる客もいれば、

「あたしたちは芝居小屋で食べたいわ」

と、まとめ買いしてくれる客もいた。

初日ということもあって、通りを行く人の数は多く、かささぎの客も昨日までより増している。やはり、この日限りの献立は人気があり、店で食べる客も持ち帰るという客も皆、こぞって菖蒲ちまきを注文した。

そんな中、華やかに装った二人連れの若い娘が現れた。

「ご機嫌よう、喜八さん」

「今日はかささぎもお客さんがいっぱいね」

店前《たなさき》で喜八に声をかけてきたのは、常連客のおしんと梢《こずえ》だ。二人とも京橋《きょうばし》に暮らしており、芝居好きで、いつも連れ立って木挽町へやって来る。いつ見ても華やかに装っていることからして、大店《おおだな》の娘たちなのだろう。

喜八はすばやく二人の小袖《こそで》の柄に注目した。

おしんは水色の地に花菖蒲をあしらった小袖、梢は薬玉の絵柄の小袖である。薬玉は端午の節句に飾る厄除《やくよ》けで、その表面を菖蒲と蓬《よもぎ》で美しく飾りつけ、昔は互いに贈り合う風習だったと、弥助から教えられていた。そういう絵柄の着物を着た女客がいたら、さりげなく褒めるようにとも言われている。そこで、

「二人とも今日は菖蒲の絵柄なんだね。おしんさんの菖蒲は楚々《そそ》として、梢さんの薬玉は奥ゆかしくて、どっちもすごくお洒落《しゃれ》だよ。二人ともよく似合っているしね」

と、弥助の指図に従ったところ、

「喜八さんがそう言ってくれるのがいちばん嬉しいわ」

「あたしも。この着物を着てきた甲斐《かい》があったと思えるもの」

二人の娘たちは頰を染めてはしゃいでいる。そんな二人に「大袈裟だなあ」と喜八は微《ほほ》笑《え》んだ。

「今日は端午の節句だからさ。うちでも菖蒲にちなんだ料理を出してるんだ。その名も『菖蒲ちまき』。ぜひ頼んでほしいな」

「もちろんよ」

おしんと梢は誘われるまま、店の中へ入った。

「店で食べてもいいし、芝居小屋にも持っていってもらえるけど、どっちがいいかな」

「まだ暇もあるし、お店で食べていきたいわ」

二人は喜八の顔を見つめながら言う。

「じゃあ、ちょっと混んでるけど、空いてる席があるからどうぞ」

喜八はちょうど客が出ていき、弥助が片付けを終えたばかりの「ろ」の席へ二人を案内した。二人が菖蒲ちまきの他、澄まし汁を注文したのを調理場の松次郎に伝えたすぐ後、

「お邪魔しますよ」

という聞き覚えのある女の声がして、喜八は暖簾から顔を出した。現れたのは、伊勢町《いせちょう》で質屋を営む伊勢屋のおたねと小僧の乙松《おとまつ》だった。

乙松は松次郎の倅で、伊勢屋で小僧として働いている。松次郎とは滅多に会うこともできないが、おかみのおたねがこうして時折、乙松をかささぎへ連れ出してくれるのだ。弥助の案内で二人がちょうど席へ着いたところへ、喜八も挨拶に出向いた。

「若旦那、こんにちは。ちょいとご無沙汰《ぶさた》しちゃったわねえ」

おたねは喜八に和やかな笑顔を向けた。

「今日は『屈原』のお芝居見物ですか」

「ええ、そう。この子にはまだ難しいかもしれないけど、ほら、今日は端午の節句でしょ。男の子の成長を祝う日なんだから、せめてお父つぁんに顔くらいは見せてあげなくちゃってね」

おたねの乙松を思う優しさを、喜八はありがたく思った。

「そうだな、乙松。今日は松つぁんに会っていけよ」

「いえ、こんなにお客さんがいて、忙しいでしょうから、いいです」

乙松は屈託のない調子で言う。我慢しているわけではなさそうだし、顔を見せたところで、松次郎が「よく来た、よく来た」と破顔する姿は想像できないのだが、それでもたまには会わせてやりたい。

「お前なあ、遠慮するのは美徳だが、度を超すとよくないぞ」

喜八はわざとしかつめ顔を作って言った。

「そうよ。若旦那がこう言ってくれてるんだし、ちょいと顔だけ見せてきなさい。一言挨拶するくらいなら邪魔にはならないだろうから」

おたねがそう勧め、それから二人は注文の品を決めた。今日は二人とも菖蒲ちまきを頼むという。他に、澄まし汁を二人分、乙松はがんもどき、おたねは茗荷の甘酢漬けを頼んだ。

「じゃあ、お前、自分の口で松つぁんに伝えてやれよ。俺も一緒に行ってやるからさ。俺が一緒なら、松つぁんもお前のことを叱ったりしねえから安心しな」

喜八はなおも躊躇《ためら》いがちな表情をしている乙松を促し、立ち上がらせた。それから、乙松を調理場へと案内し、自分の前に立たせると、

「松つぁん」

と、調理場の暖簾を掲げて中へ声をかけた。

「乙松が注文を伝えに来てくれたぞ」

松次郎はちょうどちまきに使うもち米を握っているところだったが、手もとを見つめたまま顔を上げもせず、手の動きを止めもしない。

「ほら、乙松、自分の口で注文しな」

喜八が急《せ》かすと、乙松は少し緊張した様子ながらも、

「ちまき……じゃなくて、菖蒲ちまきと澄まし汁を二人前、がんもどきと茗荷の甘酢漬け

を一皿ずつ、お願いします」

と、はきはきと述べた。長い間別々に暮らしていた父と子の間柄は、血がつながっているからといって、すぐに滑らかになるわけではない。それでも、乙松がしゃべり始めた時、ほんの一瞬、松次郎が手の動きを止めたことに喜八は気づいた。

「おい、松つぁん。黙ってねえで、復唱してやんなよ」

喜八が言うと、さすがに松次郎は手を止めて顔を上げた。

「へえ。菖蒲ちまきと澄まし汁を二人前、がんもどきと茗荷の甘酢漬けを一皿ずつですな」

これまた他人行儀な口の利き方をする。そこが松次郎らしいところでもあるのだが……。その場にいる喜八への遠慮もあるのだろうが、といって喜八がいなければ、この二人は今日も顔を合わせぬまま別れていただろう。

少なくとも、松次郎が顔を上げて乙松に目を向けたこと、その目が決して他の誰にも向けることのない慈しみに満ちていることを見届け、喜八も満ち足りた気持ちになった。

「それじゃ、あっちで、おかみさんと料理が出来上がるのを待ってな」

喜八が言うと、乙松は「はい」と弾んだ声で返事をした。先ほどまでの緊張感は消え、明るく輝くような笑顔である。料理の注文とその復唱だけの会話ではあったが、乙松がそれをどれだけ嬉しく思っているかははっきり伝わってきた。

乙松が一人で自分の席へ戻りかけた時にはもう、松次郎はちまきのもち米を握る作業に戻っている。しかし、喜八が客席の方へ出ていこうとした時、

「若、ありがとうさんでございやす」

松次郎の低い声が耳に届いた。

「とびきりの菖蒲ちまきを作ってやってくれよ。乙松の成長を願ってな」

喜八は振り返らずに言い、そのまま調理場を後にした。


この後も、菖蒲ちまきは飛ぶように売れた。何より、そのまま芝居小屋へ持っていけるというので、持ち帰りの注文がかなり入ったためでもある。

菖蒲の葉は前もって多めに、棒手振《ぼてふ》りの甚兵衛《じんべえ》に注文しておいたが、それも昼過ぎの休憩時には半分以上使い切っているありさまだった。

「笹の葉は足りるでしょうが、菖蒲の葉はもつかどうか」

弥助が残った菖蒲の葉を数えながら表情を曇らせている。

「まあ、足りなくなったら、ふつうのちまきで我慢してもらうしかないな」

そんなことを言い合いながら、夕七つになって再び暖簾を掲げると、今度は芝居帰りの客で賑《にぎ》わい、またしてもてんてこ舞いである。

そうした客の中に、儀左衛門と六之助もいたが、二人はさっそく最も奥まった「い」の

席に陣取り、菖蒲ちまきを頼んできた。

「ほう。出汁がええ具合に利いてて、もち米の柔らかさもええ塩梅《あんばい》や」

と、儀左衛門はご満悦である。

「それに、この菖蒲の葉で包むっていうのも、いいですねえ。この香りは心をさわやかにしてくれます」

六之助は菖蒲の葉を鼻先に持っていき、その匂いを思い切り吸い込んで言った。

菖蒲ちまきと他に頼んだお菜や汁を食べた後は、いつものように儀左衛門が酒を頼むこともなく、今見てきたばかりの「屈原」について、さかんに語り合っているようだ。

儀左衛門たちが来たのは暮れ六つに近かったので、客足もだいぶ減ってきていたが、それをよいことにどうやら最後まで居座るつもりらしい。

「また、お手伝いのお話でも持ち出されるおつもりでしょうか」

弥助は困惑気味に呟いたが、「まあ、そんなところだろうよ」と喜八は気軽に応じた。

「若はもう、逃れられないとあきらめておられるんですか」

「そういうわけじゃねえけど、東先生とのご縁が深くなっちまった今さら、角の立つような真似《まね》もできねえしなあ」

「東先生とのご縁って……」

弥助は少し気がかりそうな口ぶりで言ったものの、喜八と目が合うと、「いや、何でもありません」と言葉を濁した。

結局、その日の最後は、儀左衛門と六之助だけとなった。

「屈原のお芝居はどうだったんですか」

喜八が尋ねると、儀左衛門がふんっと鼻を鳴らした。

「悪いとは言わんが、ちいとばかり、華やかさが足りんな。女形《おやま》の目立つところもあらへんかったし」

「それに、やはり屈原のお話は難しいようですなあ。若い女子衆などはどこに感動すればいいのかよく分からないといった顔つきでしたし」

と、六之助も言う。

「ここは、あてが新しい屈原を描き出さなあかんということやな」

「おっしゃる通りです。来年のこの時期に間に合うよう、先生ならではの屈原をお書きになってください。来年はあちこちの芝居小屋から先生にお声がかかることでしょう」

「せやな。そんくらいのもんを書き上げなあかん」

鼻息荒く、儀左衛門は言う。六之助もやる気満々の表情を浮かべていた。

「ほな、ま、おおよその筋書きができたら、声をかけるよって、そしたらまたせりふ回しと立ち回りを頼みますわ」

当たり前のように言い、儀左衛門は立ち上がる。六之助が支払いをして、その後に続いた。

「おあささんとおくめちゃんは、初日を見に行かなかったんですか」

最後に、喜八は儀左衛門に尋ねた。

「ふん。今日は桟敷席《さじきせき》に招かれたんやけど、こいつ以外の弟子も連れていったさかいな」

おあさたちの分の席がなかったということらしい。

「ま、芝居には目のない娘やさかい、初日はともかく、別の日に見に行くやろ」

儀左衛門はそう言い残し、六之助に提灯で足もとを照らしてもらいながら、帰っていった。二人を見送ってから、喜八と弥助が中へ戻ると、二人分の菖蒲ちまきが用意されていた。

「ぎりぎりでしたが、菖蒲の葉も足りましたんで」

と、松次郎が言う。男子の健やかな成長を祝う端午の節句——そのために松次郎が作ってくれた縁起のよい菖蒲ちまきは、さわやかな香りのする菖蒲の葉に包まれていた。

葉をすべて取り除くと、小さな三角形をしたもち米が現れる。節句のちまきは、優しい味わいの出汁がよくしみていて、搗栗のほのかに甘い味がした。

第三幕　藍之助の心配事

一

　翌五月六日も、木挽町は芝居見物の客で賑《にぎ》わっていた。かささぎにも芝居小屋へ行く前と後に立ち寄る客が多い。そんな客たちに交じって、この日の昼過ぎ、鬼勘こと中山勘解由がやって来た。

「六日のあやめになってしまったが、ちまきは頼めるかね」

　席に着くなり、鬼勘は喜八に問うた。菖蒲《しょうぶ》を飾ったり、菖蒲湯に浸かったりするのは端午の節句当日であり、六日のあやめは時機を外した無為なもの。ここの「あやめ」は菖蒲のことだ。かささぎで昨日、「菖蒲ちまき」を出したことを聞きかじっての言葉なのだろう。

「中山さまも洒落《しゃれ》たことをおっしゃるんですね」

喜八の物言いに、鬼勘は苦虫を嚙《か》み潰したような顔をする。それがおかしくて、喜八は含み笑いを漏らした。

「私が洒落たことを言ってはおかしいかね」

「いいえ、とんでもない」

喜八は大袈裟《おおげさ》に首を横に振った。

「昨日お出しした菖蒲ちまきは、一日限りのものですが、ふつうのちまきならご用意できます。昨日は搗栗《かちぐり》を入れたんですが、今日は茸《きのこ》や筍《たけのこ》などと一緒にもち米を蒸しております」

「ならば、それを頼む」

鬼勘は他に焼き茄子《なす》の澄まし汁を注文した。

やがて、料理が出来上がり、喜八が席へ運ぶと、

「ほほう。焼き茄子をこうして澄ましにするのか」

と、鬼勘はまず澄まし汁に目を留めた。

「前に、生姜《しょうが》を添えた焼き茄子を注文したが、あれも実に美味《うま》かった。今日は違った味わいをと思い、こちらにしたが、ではいただこう」

澄まし汁を口に含み、それから焼き茄子を摘《つ》まんで口へ——。しばらくゆっくりと口を

動かしていた鬼勘は、

「ふうむ。甘辛い醬油《しょうゆ》味もよかったが、繊細な吸い出汁《だし》もまた柔らかな茄子によく合う」

と、椀《わん》をもとに戻して呟《つぶや》いた。

「ありがとうございます。では、ごゆっくり」

鬼勘がちまきを包んだ笹《ささ》の葉を剝《は》がし始めたのを見届け、喜八はそのそばを離れた。

それからややあって、鬼勘の空いた皿を片付けたのは弥助であったが、調理場へ戻ってくるなり、

「鬼勘が若と話をしたいそうですよ」

と、顔をしかめている。

「巴屋の主人の素性のことかね」

人探しの寅次郎に同じ依頼をしていたが、鬼勘の方で分かったのなら、それに越したことはない。

「俺もその話かなと思ったので、訊《き》いてみたんです。けれど、それとは違うということでした」

ではどんな話なのかとやんわり尋ねてみたものの、それは喜八に話すと、はぐらかされてしまったそうだ。

「何だよ。直《じか》に話がしたいとか、思わせぶりだな」

もしや企みあってのことなのか。近頃は、そこまで腹黒な男ではなかろうと思っているが、そうはいってもかつて旗本奴《はたもとやっこ》、町奴を大弾圧した中山直守《なおもり》の息子なのだ。その弾圧によって、喜八の父大八郎は捕らわれて命を落としたのだから、父親同士の話にせよ、深い因縁があるのは事実であった。

「若、油断はなりませんぜ」

その時、調理場で包丁を使っていた松次郎が不意に口を開いた。包丁を動かす手は止まっていないし、顔も上げはしないのだが、喜八と弥助の話はしっかり耳に留めていたらしい。

これといって厳しいことを口にするわけでなくとも、松次郎が言うと迫力がある。

「松のあにさんの言う通りです。若、くれぐれもお気をつけて」

弥助は物々しい顔つきになって言った。

「おう、そうだな」

喜八も気持ちを引き締めてうなずき返す。しかし、腰を据えて話を聞くとなると、客が出払った休憩の時か、せめて客が少なくなってからしかない。そのことを伝えに鬼勘の席へ出向くと、

「おお、若旦那。ちまきも澄ましも美味かった。もち米の柔らかさの加減も絶妙だ」

と、ご機嫌な様子である。

「俺にお話があるとのことですが、ゆっくりお聞きするなら休憩の時まで待っていただかないと」

「ふむ。それについては承知しておる。この店の休憩は八つ半（午後三時）頃であったか。まだ間があるゆえ、それまでは木挽町の様子を見て回るつもりだ。その頃、また邪魔をする」

町の治安を守るため、時を無駄にせず見回りをするという鬼勘に、喜八はさすがだなと思った。鬼勘に心を許す気はまったくないが、役目に徹する仕事ぶりは尊敬に値する。

「芝居小屋にも顔を出すつもりだ。そこで食べられるちまきを二人分持ち帰らせてもらおうか」

鬼勘は配下の侍の分を追加で注文し、それを受け取ると、いったん店を後にした。

「『屈原』の芝居を観に行くつもりなんですかね」

鬼勘と配下の侍が去っていくのを見送り、弥助が言う。

「お役人のための桟敷《さじき》はいつも空いているからな。人気の演目でも必ず席があるってのはいいもんだよなあ」

それから、昼餉《ひるげ》目当ての客たちの用をこなし、彼らが出払ったところで、かささぎはいったん暖簾《のれん》を下ろした。間もなく、鬼勘と配下の侍たちが戻ってくる。

「休んでいるところをすまぬな」

と、鬼勘は言いながらも、大して遠慮するそぶりも見せず、空いている席に座った。

配下の者たちがその後ろの席に腰かけ、喜八と弥助は鬼勘の前に向かい合って腰かける。

「実は、昨日、山村座の芝居検《あらた》めをするつもりだったのだが、それが叶《かな》わなかったのだ」

鬼勘の第一声は雑談のように思われた。

「そうだったのですか。それで、今日の検めとなったのですね」

喜八も調子を合わせて言葉を返す。

「いや、今日はほんの少ししか見ておらぬ。しかと検めるには初めから終わりまで見通さねばなるまい」

「今回の演目は異国が舞台だと聞いていますよ。お上にとって都合の悪い話にはなりようがないんじゃありませんか」

「何を言うか。異国の朝廷になぞらえて、お上を誹謗《ひぼう》するかのごときせりふを書く狂言作者もおる」

鬼勘は厳しい調子で言った。相変わらず自分の役目に忠実で、手抜きなどは一切しない。

とはいえ、木挽町に頻繁に出入りするのは、実のところ芝居見物をしたいだけなのでは、などと軽口を叩《たた》きたくなるが、今は下手に刺激しない方がよさそうである。

「やはり、中山さまのお仕事は大変なんですね」

喜八はそう言うにとどめた。

「それはともかく、昨日、私が芝居小屋へ行けなかったのは、とある旗本家の茶の湯に招かれたからでな」

「はあ」

喜八と弥助は顔を見合わせた。

（もしかして、自分は風流な男だって言いたいのか）

先ほど六日のあやめの件で、からかったのがよくなかったか。いや、そんなことを言うために戻ってくるほど、鬼勘は暇ではないだろう。

「いつもであれば、仕事があるゆえと丁重にお断りするところなのだが、生憎《あいにく》それができなかったのだ」

「中山さまがお断りできないようなご身分のお方だったのですか」

弥助が問うた。

「うむ。あちらは高家《こうけ》旗本《はたもと》ゆえ、我が家より家格は高い。だが、それだけならば私は断る。断り切れなかったのは、そのお方に仕える中間《ちゅうげん》が難儀に遭ったそうでな、力を貸してほしいと相談されたからだ」

「そうだったのですか」

茶の湯の席は口実で、その高家旗本と中間は鬼勘に助けを求めたということだろう。また、鬼勘としても助けを求められれば断れない性《さが》なのだ。

だが、話がここまで来た時、喜八は気がついた。前にも、こんなふうに雑談を聞かされ、鬼勘の思惑通りに動かされたことがなかったか。

「中山さま」

不意に、弥助が力のこもった声を出した。

「そのお殿さまの厄介事は、俺たちには何の関わりもありません。また、ご身分の高い方のお話を、俺たちのような者が聞いてよいとも思えませんが」

弥助は淀《よど》みなく淡々と述べた。

「そうつれない物言いをするな。ちなみに、厄介事を抱えているのは旗本ご当人ではなく、その中間だ。遠慮しなければならぬ身分ではないゆえ、気にすることはない」

鬼勘は弥助の抗議など物ともせず、悠々と言葉を返す。

「そうだとしても、俺たちとは関わりありませんよね」

「それが、実はそうでもないのだ」

と、鬼勘は鬼の首でも取ったように言った。

「俺たちに関わりがあるんですか」

喜八は驚いて訊き返す。

「おぬしたちにというより、この店に、と言った方がよいかもしれぬが……」

「どういうことです」

店のことと言われ、喜八は思わず話の中身を尋ねてしまった。鬼勘はしてやったりという表情を一瞬浮かべ、それから真面目《まじめ》な顔つきになる。弥助は渋面《じゆうめん》のままだったが、鬼勘は余裕のある口ぶりで語り出した。

「その中間は何とこの店に立ち寄ったことがあるという。ここの料理の美味さはよく知っていると申していた」

「うちのお客さんでしたか」

喜八は目を瞠《みは》った。

「実は、その中間は命を狙われていると脅えていてな。相手も予測がつくそうな」

「だったら、その中間を狙っている悪党とやらを、中山さまがつかまえればいいでしょう」

弥助はつけつけと言った。

「まあ、待て。相手はまだ殴りかかってきたわけでも、斬りかかってきたわけでもない。無論、件《くだん》の旗本家の警護を厚くすることはできる。しかし、中間の言葉を鵜呑《うの》みにして、相手を探索するには我らも人手が足りぬ」

「といっても、俺たちに何とかしろとおっしゃるわけじゃありませんよね」

と、弥助が畳みかける。

「さようなことは言うものか。おぬしらが無謀なことでも仕出かせば、この私が責めを負わされるではないか」

「では、俺たちにどうしろと言うんですか」

喜八が尋ねると、鬼勘は顎髭《あごひげ》に手をやりながら、しかつめらしい顔で口を開いた。

「まあ、おぬしらの店の客が困っているのだ。本人から話を聞いてやるくらいはかまわんだろう」

「まさか、中山さま。俺たちに相談してみろと、その中間の方をそそのかしたわけじゃないですよね」

「そそのかしてなどおらぬ。ただ、そうしたらよいと勧めただけだ」

当たり前のように言ってのける鬼勘に、喜八はあきれた。

「お客さんの話を聞くことは、もちろんかまいませんよ。けれど、そんな話、俺たちにどうにかできるとも思えません。中山さまの狙いは何なんですか」

喜八は鬼勘の目をじっと見て問うた。

「狙いというほどのことはない。おぬしらに解決してもらいたいと思うわけでもない。無論、事が起これば、私が動く。ただ、その中間の話を聞くことはおぬしらにとって無駄ではない、と思ったまでだ」

「無駄ではないとは、どういうことですか」

鬼勘は喜八と弥助の目を交互にじっと見つめ返した。その目の中に、それまでにない強い力がある。

「その中間、元は旗本奴だった男なのだ」

鬼勘の言葉に、喜八と弥助は息を呑んだ。

二

その日、鬼勘は件の高家旗本の名も言わず、中間についてもくわしいことは語らぬまま、帰ってしまった。中間が近いうちにやって来るだろうから、直に話を聞けばよいという。

旗本奴、町奴とは、戦国の世で「かぶき者」と呼ばれた男たちの流れを汲《く》む。江戸開府後は身分や立場によって呼び分けられていたが、両者をまとめて「男伊達《おとこだて》」などと呼ぶこともあった。

旗本奴は旗本の家を中心に構成された面子《めんつ》で、組頭はたいてい旗本家の次男坊や三男坊。一方、町奴はかぶいた町人たちの集まりであった。

喜八の父大八郎は町奴の組頭《くみがしら》である。また、今は料理人をしている松次郎は、もともと旗本家の料理人で、旗本奴の一員だったが、いざこざに巻き込まれる形で旗本家を追われ、大八郎に拾われた過去を持つ。

旗本奴と町奴は対立し、喧嘩《けんか》沙汰《ざた》になることもしばしばだったが、それを憂えたお上によって、八年前、双方共に弾圧された。主だった組の頭や幹部たちは捕らわれ、獄門や島流しとなった。旗本家の者も謹慎なり他家へのお預けなりの処分が下され、取り潰しとなった家もある。

下っ端まで隈《くま》なく捕らわれたわけではないが、この大弾圧によって、旗本奴も町奴も壊滅に近い状態となった。百助のように生き延びた幹部の者もいたが、もはやかつての組を復活させることなど考えられぬところまで追い込まれたのである。

この大弾圧を中心になって行ったのが、鬼勘の父、中山直守であった。

先の鬼勘の話に出てきた旗本家の中間の男が、元旗本奴だったと聞けば、喜八たちとしても興味が湧く。ましてや、相手が茶屋かささぎの客であると聞けばなおさらだ。

「まあ、そのお客さんが来るのを待つしかないよな」

喜八の言葉に渋々ながらうなずきつつも、弥助は浮かぬ表情をしている。

「鬼勘が俺たちに何をさせたいのか、気になりますけどね」

「そうだよなあ。あいつのことだから何か企みがありそうだしな。けど、まさか、俺たちを陥れようってわけじゃないだろ」

「それでも油断はなりません。念のため、若の親父さんが町奴の組頭だったことは伏せておきましょう」

弥助の用心はもっともなので、喜八も承知した。

「中間といや、俺、思い当たる人がいるんだけどな」

続けて喜八が言うと、弥助はさほど驚きもせず「どなたですか」と訊き返した。

「ついこないだ、ほら、例の巴屋から言いがかりをつけられた日だよ。あの日初めてうちへ来てくれて、茗荷は物忘れさせる食い物じゃないって、巴屋の奉公人に言ってくれた人だ。藍之助さんと言っていた」

喜八の言葉を聞くと、弥助もうなずいた。

「俺も同じ方を思い浮かべていました。お武家に仕える中間がお客さんになるのはめずらしいですしね。ああいう方々はそうそう自在に芝居見物なんてできないでしょうし」

「ああ、あの日はご主人の用でこっちへ来たと言っていたっけ。あの時は脅えているふうには見えなかったけどなあ」

役者のようだとおあさやおくめから言われていた藍之助の風貌が思い出される。

「あ、けど、出ていく時、さかんに周りを見回していたな。道が分からないのかと思ったけど、用心していたのかもしれない」

そんなことを言いながら待つこと二日。その藍之助が五月八日の店じまい間近に、一人で現れた。

「いらっしゃい」

と、元気よく声をかけた喜八は、藍之助の様子が前とは異なり、ずいぶん憔悴《しょうすい》していることに気づいた。

「実は、旗本の中山さまから、こちらで話をするようにと勧められましてね」

と、席に着いた後すぐに藍之助は言う。鬼勘が間に入っているせいなのか、口の利き方も前回よりは他人行儀だ。声の具合も、滔々《とうとう》と周利槃特《しゅりはんどく》のことを話していた時と違って、力強さに欠けていた。

「取りあえず、料理を召し上がって、お待ちください。お話は店を閉めてからゆっくり伺えれば、と思いますが」

今日は主人の許しを得て出てきたので、暇はあると藍之助は言った。

ならば、精のつくものを食べてもらいたいと、喜八は調理場の松次郎のところまで行き、何がいいかと問いかけた。

「精がつくものっていうなら、ちとにおいは気になりますが、大蒜《にんにく》を使ったものがいいでしょう」

ただし苦手な人もいると言うので、念のため確かめてみると、藍之介は大丈夫ということであった。品書きからは大蒜を使っているかどうか、自分には分からないので、そちらに任せると言う。

「なら、大蒜を使った品は料理人に見繕ってもらうとして、他のご注文はいかがですか」

喜八が問うと、藍之助は前に食べた茗荷《みょうが》料理が美味かったのでと言い、茗荷のご飯と茗荷を含む衣揚げ、胡麻《ごま》豆腐などを頼んだ。

喜八が調理場に戻ってその旨を伝えると、

「品書きには出してませんが、大蒜と醬油で玉子を煮詰めたものが精もつくんじゃないですかね」

と、松次郎は思案の末に言った。そこで、さっそく煮玉子を含めた調理に取りかかってもらい、多少時を費やしたものの、出来上がった注文の品を席へ運ぶと、暗かった藍之助の顔もようやく綻《ほころ》んだ。

「美味そうな匂いですな。急に腹が減ってきた気がしますよ」

藍之助は箸《はし》を取ると、一口一口嚙《か》み締めるように食べ始めた。特に煮玉子はゆっくりと時をかけ、味わい尽くすように食べている。

食べ終えた後は、心なしか顔色もよくなり、表情も和らいだように見えた。

店じまいまでは今少し時があったので、酒はどうかと勧めてみたが、丁重に断られた。

そこで、他の客がいなくなるまでの間は、麦湯を飲みながら待っていてもらうことにする。

やがて、店の中に藍之助以外の客がいなくなってから、喜八と弥助はそろって藍之助の前の席に腰を下ろし、改めてそれぞれ名乗った。

「今日の料理も実に美味かった。特に大蒜入りの煮玉子には力をもらいましたよ」

藍之助はまず料理を褒めた。近頃は食欲もなかったが、ここの料理を食べている間はそのことも忘れていたと言う。

「それはよかったです」

と、喜八は笑顔になったが、ひとまずの挨拶《あいさつ》が終わると、藍之助の表情はやや硬くなった。

「さっきも話しましたが、中山勘解由さまよりこちらの若旦那《わかだんな》に話してみるよう言われましてね」

「はあ。そのことは俺たちも中山さまから聞いていますが、なぜ俺たちなんでしょう」

喜八はとぼけて訊いてみた。まずは鬼勘が喜八たちの素性を話しているかどうか、確かめておく必要がある。

先日、店の中で巴屋の奉公人と揉《も》めた時、松次郎が元町奴という話は出たが、喜八と弥助の素性は取り沙汰されていない。だから、鬼勘から聞きでもしない限り、藍之助は喜八たちの素性を知らぬはずであった。

「そのことはあっしも中山さまにお尋ねしたけど、教えていただけなかったんです。あっしの方こそ、若旦那たちに教えてもらいたいですよ」

藍之助の物言いは何かをごまかしているふうではない。どうやら、鬼勘は喜八たちの素性については伏せているようだ。ならば、あえて打ち明ける必要はないだろう。

「俺たちに訊かれても、さっぱりですねえ」

喜八はとぼけた。

「それより、俺たちは中山さまから、旗本にお仕えする中間の方がお困りだと聞いただけなんです。藍之助さんのお名前も今のご主君の名前も教えてくれなかったんですよ。ただ、これまでうちの店へ来てくださったお客さん、とだけ。うちの店に中間の方はあまりお見えにならないので、藍之助さんのことかなと思ってはいたのですが……」

喜八の説明に、藍之助は無言でうなずいた。

「ただ、中山さまはこうおっしゃいました。その中間の方はもともと旗本奴だったと」

「ああ、そうですよ。このことを打ち明けないと話が進まないんで、話してくださいと申し上げたんです」

「それならいいんです。ぜんぜんそんなふうには見えなくて、少し驚きましたが……」

「そうでしょうね。昔はこれでもかぶいていたんですよ」

藍之助はほろ苦い口ぶりで言った。

「すると、今仕えていらっしゃるお旗本のお殿さまも、昔はかぶいて？」

八年前の大弾圧の際、組頭などであれば捕らわれたかもしれないが、処罰を免れた者がいないわけでもない。そういう類《たぐい》の人物なのかと思って問いかけたのだが、

「とんでもない」

と、藍之助はそれまでになく、声に力をこめた。

「我が殿はそのようなことから、最も遠いお方でいらっしゃいますよ」

その剣幕があまりに激しかったので、喜八は驚いた。

「そ、そうなんですか」

「いや、こちらこそ失礼しました」

藍之助は我に返ると、申し訳なさそうに目を伏せる。

「あっしが今お仕えしているのは吉良上野介《きらこうずけのすけ》さまといって、高家旗本の家格でしてね。故事に通じているだけでなく、深い教養を修められているんです。あっしが若い頃にやっていたみたいなことは、時と労力の無駄とお考えになるお方ですよ」

藍之助の今の主人を語る言葉に、喜八は首をかしげた。

「そんなご主君が元旗本奴の藍之助さんを雇ってくれたんですか」

「それは……」

藍之助はやや口ごもった後、

「実は、前にお仕えしていた旗本家を離れて以来、すっかり考えを改めましてね。元旗本奴だったことは隠して、新たな勤め口を探したんです。そうして今の上野介さまのお屋敷に拾っていただいたわけで」

と、きまり悪そうに打ち明けた。

「……そうだったんですか」

隠すことはよいことではないだろうが、それで暮らしが立ち行くのであれば、そうしたいという藍之助の気持ちは分からなくもない。今の世の中で、元旗本奴や町奴であると打ち明けるのは、決して楽なことではないと喜八も知っていた。

「では、今度の厄介事とやらが起こって、今お仕えするお殿さまに素性を打ち明けられたのですか」

弥助がその時初めて口を開いた。

「そうなんです。打ち明けるのは勇気のいることでした。今お話ししたようなお人柄ですから、そんな男を屋敷に置くわけにはいかぬ、出ていけと言われるのも覚悟していたのですが……」

「そうはならなかったのですね」

「はい。上野介さまは厳格なところもおありですが、思いやり深いところもおありなのです。あっしが正直に打ち明けて、困っていることをお伝えしたら、盗賊どもを追捕《ついぶ》する中山勘解由さまにお引き合わせくださいました」

「そうだったんですか。しかし、中山さまもまだ起きていない事件に対しては、対処のしようがないようなお口ぶりでしたが……」

喜八が言うと、「そこなんです」と、藍之助は前のめりになる。

「あっしのところには、脅しの文《ふみ》まで送られてきたんですよ。それなのに、対処のしようがないなんて。狙っている相手も分かってるっていうのに」

藍之助は、鬼勘が対策を講じてくれなかったことに、いささかの不満を持っているようであった。

「取りあえず、今、藍之助さんがご心配になっていることをお話しください。中山さまからはとにかく話を聞いてみるように、と言われていますんで」

喜八は藍之助に勧めた。

「はあ、そうですね」

藍之助も喜八たちに話すことで何が解決し、どんないいことがあるのか、疑問を抱いているようだが、ここまで来た以上は話してみようと心を決めたらしい。

「では、少し長くなりますが、お話しいたしやしょう」

藍之助はごほんと一つ咳払《せきばら》いをすると、「遠い昔のことになりますが」とぽつぽつと語り出した。

三

まずは、あっしの本名から打ち明けなけりゃいけません。藍之助は本名じゃありませんで。

もともとは、鶴吉《つるきち》といいました。藍之助ってのは、旗本奴だったことを隠さなけりゃならなくなった際、勝手につけた名前でして。もちろん、上野介さまにお仕えしてからもずっと、藍之助という名前で通してまいりました。

あっしが鶴吉と名乗っていた頃、お仕えしていたのは、旗本の佐山《さやま》家というお屋敷です。あっしの父親ってのも佐山家に仕えてまして、三十路《みそじ》で亡くなっちまいましたが、あっしもまだ十歳を少し過ぎたくらいの頃から、使い走りをさせてもらってました。

そうするうち、佐山家の三男坊、富三郎《とみさぶろう》さまに目をつけられましてね。十五になるやならずの頃だったでしょうか。

自分で言うのも何ですが、若い頃はお二人みてえに男前で通ってましたんでね。まあ、見た目を気に入っていただけたというわけです。

隠し立てせずに申し上げますが、要するに、富三郎さまの閨《ねや》に呼ばれたってことですよ。ご子息のお目に留まったのは、まあ、名誉なことだと思いました。引き立ててもらえる見込みも高くなりますしね。実際、あっしの他にも、富三郎さまにかわいがられている男たちはいて、皆、目をかけてもらっていました。お小遣いなんかももらえて、小袖《こそで》なんかも上等なものを着させてもらいましたよ。

あっしも富三郎さまのお相手をするようになってからは、お小遣いをもらっていました。それで派手な格好をすれば、富三郎さまが喜んでくださるんでね。それからは、身なりにも気をつかい、どうやって他の連中より目立とうか、富三郎さまの気を引こうかと、そんなことばかり考えていました。

富三郎さまは佐山家に仕えるご家臣やら中間やら小者《こもの》やらの中から、見込みのある連中を集め、はやぶさ組を率いておられました。もちろん、そのぜんぶが富三郎さまのお相手だったわけじゃありませんよ。

そりゃあ、見た目だけが男の値打ちを決めるもんじゃないわけで。

喧嘩が強い、頭が切れる、弁が立つ——そうした才を見出され、はやぶさ組に加えられた連中もおりました。

ただ、何というんですか、富三郎さまのお相手をする男たちと、才を買われた男たちの間には、目に見えない壁があったようには思います。

その才を買われた男たちの中で、富三郎さまの大のお気に入りは、仲蔵という男でした。

若旦那、どうかなさいましたか。ずいぶん驚いた表情をなすっておいでですが。

え、かまわないから続けてくれ、と——。分かりました。話を進めさせてもらいましょう。

仲蔵はあっしと大して年の違わない男でしたが、厳《いか》めしい顔の男でしてね。富三郎さまが閨に呼ぶような男ではありませんでした。

しかし、頭が切れるし、思いやりもある。目上の者には礼儀正しく、目下の者からは慕われる、そんな頼り甲斐《がい》のある男でした。忠義の心も厚くてね。富三郎さまもたいそう信頼しておいでででした。

ところが、仲蔵は芯の強い男でして。相手が目上だろうが、富三郎さまであろうが、自分の意をはっきりと口にすることがありました。

あっしらみたいにかぶいた連中には、それが耳に痛いこともあるわけです。もちろん、仲蔵だってかぶいてるんですよ。派手な形《なり》をして町を練り歩き、いざ喧嘩沙汰となりゃ、率先して敵に殴りかかる、そういう無茶をすることはありました。けれど、どう言えばいいのかな、あっしみたいに頭の悪い男は、時に歯止めが利かなくなっちまうんです。こう申し上げては何ですが、富三郎さまにもそういうところがありました。いや、かぶいた男たちはたいてい皆、そうでしたよ。

けどね、仲蔵は違った。

どんなに大暴れしても、頭の片隅に冷静さを残してる、そんなふうだったんです。それがとても頼りになる一方で、疎ましく思う時もあった。

くわしい経緯《いきさつ》はもう忘れちまいましたが、富三郎さまが開いていた賭場《とば》のことで、仲蔵がちょいと忠告したことがありましてね。富三郎さまはかんかんになってお怒りになりました。

貞享《じょうきょう》の大弾圧っていって、あの中山勘解由さまのお父君が旗本奴や町奴を一斉に取り締まったのが八年前なんですが、その少し前のことでしたよ。もしかしたら仲蔵はそういうお上の動きを察して、賭場はすぐにでも畳んだ方がいいと申し上げたのかもしれません。とはいえ、賭場はあっしらにとって、胸を熱くさせてくれる戦場みたいなもんですからね。軍資金を得るためにも、おいそれとやめるなんてできませんよ。

富三郎さまは一時《いっとき》、仲蔵を勘当するなんておっしゃいましたが、まあ、他の幹部連中が取りなしたか、少し冷静になって思い直されたか、そこまではいきませんでした。けど、その後の仲蔵は、富三郎さまから遠ざけられちまいました。それまでは、最も大事にされている幹部の一人で、富三郎さまの懐刀《ふところがたな》だったんですが、お目通りさえ許されなくなっちまって。

代わって、幹部に引き上げられたのがあっしでした。

あっしにはもちろん、仲蔵ほどの知恵も度胸もありはしません。そんなことは富三郎さまだって、他の連中だって、あっし自身だって分かってましたよ。

それでも、富三郎さまは仲蔵への当てつけのように、あっしに目をおかけになった。あっしも馬鹿ですから、あの頃は得意になってました。

仲蔵を気の毒に思ったかって？

そりゃあ、今でこそ気の毒だと思いますよ。けど、当時はまったく。

お恥ずかしい話ですが、他の連中の見ている前で、仲蔵を嘲《あざけ》ったり足蹴にしたりもしましたね。使い走りをさせて、その仕事ぶりにけちをつけたりなんてこともね。餓鬼だと言われりゃ、まったくその通りで、返す言葉もありません。

だから、あっしは仲蔵には相当恨まれていたはずなんですよ。

しかし、あっしが得意になっていられたのも、ほんのわずかの間だけでした。先ほどお話しした貞享の大弾圧が、間もなく行われたからです。

佐山家の離れで行われていた賭場に、お役人が踏み込んできましてね。ごまかしようもなかった。

その場にいた者たちのうち、お侍でない者は引っ立てられ、お侍は佐山家の牢座敷《ろうざしき》に入れられました。もちろん、富三郎さまも同様です。

富三郎さまはお上からのご沙汰を待つ身となりましたが、それ以上の恥を受けるのを厭《いと》い、牢座敷にて切腹なさったと聞いています。もしかしたら、それは富三郎さまのご意思ではなく、お父君や兄君のご指示だったのかもしれません。

その頃、あっしがどうしていたかといいますと、運よくつかまらずに逃げおおせていました。といっても、佐山家の屋敷の外に出たのではなく、物置きのように使われていた別棟の部屋に、他の仲間たちと身を潜めていたんです。例の賭場を開いていた離れから、その場所まで隠し通路が作られていましてね。それを使って逃げ延びました。お役人たちもそこまでは気づかなかったみたいで。

食べ物なんかは台所から勝手に持ち出して、凌《しの》いでいました。佐山家に仕える人々は、はやぶさ組の面子でなくとも身内なわけですから、見逃してくれると思いましたしね。実際、見て見ぬふりをしてもらっていたと思いますよ。

ただ、富三郎さまがどうなったかは心配でなりませんでした。

そんなふうに過ごした三日目だったでしょうか、台所へ忍び込んで、食べ物を持ち出そうとしたあっしは、富三郎さまが切腹なさったと、女中たちが話しているのを聞いちまいました。

あの時はね、もう頭の中が真っ白になりましたよ。

けど、我に返った時、あっしの耳によみがえってきたのは、富三郎さまの閨でのお言葉でした。

――私が死んだ時には、鶴吉、お前も供をしてくれるな。

富三郎さまはあっしに、あとを追って死ぬことを望まれたんです。あっしは富三郎さまをお慕いしていましたし、死ぬ時は主君と共に――という考えは実に勇壮で、忠義に厚い立派なものだと思えました。

だから、その時、あっしは深く考えもせず、お答えしていたんです。

――もちろんです。鶴吉めは富三郎さまに一瞬たりとも後《おく》れはいたしません。

富三郎さまとあっしだけではありません。はやぶさ組の面子は誰でも、戦国の世の荒々しく激しい命のやり取りに憧れの心を抱いておりました。今の世は生温《なまぬる》い、自分たちは生まれる世を間違えてしまった、と――。

ですので、主君が危うい時には命を懸け、主君が命を終えた暁には命を投げ出してあとを追う、それがはやぶさ組の男として正しい在り方だと、誰もが心を燃やしていたのです。言葉に嘘《うそ》はありませんでした。本気で富三郎さまのあとを追うつもりでいたのです。けれども、それはお遊びの喧嘩沙汰しか知らず、本気の命のやり取りをしたことのない臆病者の戯言《ざれごと》にすぎませんでした。

あっしは富三郎さまが本当にお亡くなりになったと聞いた時、恐ろしくなっちまったんです。死ぬこともそうですが、このまま佐山家に身を置いていれば、皆から自決を迫られるに違いない、と――。

富三郎さまが亡くなる直前の数ヶ月、最も目をかけていただいていたのは確かにあっしでした。だから、はやぶさ組の面々も、また富三郎さまのお身内の方々も、鶴吉は富三郎のあとを追うのが当たり前とお思いになるのではないか。

女中たちはこんなことを言っていました。

――富三郎さまは今わの際《きわ》、鶴吉はもう逝ったのかとお訊きになったそうよ。

それを聞いて、あっしは背筋がぞっとしましてね。

どうして、あっしの名前だけをお口になさったのか。たまらない気がしました。

まだ死にたくない。心の底からそう思った。それがあっしの本音でした。けれど、そんなこと、口が裂けても仲間にゃ言えません。本音を知られたら、皆が寄ってたかってあっしを押さえつけ、自決を迫ってくる。下手すりゃ殺されちまう。想像したら、足が震えました。もはやこんなところには一瞬でもいられやしない。

隠れ場所にしていた別棟の部屋へはもう戻らず、その足で佐山家の屋敷を飛び出しました。どこをどう走り、どうやって人目をくらましたのか、はっきりとは覚えていません。

我に返った時には、神田川のほとりに立っていました。

この時、あっしは佐山家と縁を切り、鶴吉の名も捨てることにしたんです。しばらくは目立たぬように息を潜めて暮らしつつ、新たな身の振り方を考えることにしました。

その後、佐山家はお取り潰しになったのだとか。

賭場に踏み込まれて捕らわれた連中はお裁きを受けたのでしょうが、逃げ延びた連中の中にも、富三郎さまのあとを追った者がいたそうです。あっしのように消息不明になった者ももちろんおります。

しかし、誰であれ、富三郎さまのあとを追わなかったあっしのことを、とんでもねえ不忠者だと蔑《さげす》んだに違いありません。仲蔵もその一人でしょう。

最後の頃、富三郎さまから遠ざけられていた仲蔵は、賭場に踏み込まれた時、その場におらず、役人につかまりはしませんでした。あとを追ったとも聞きませんから、きっとどこかで生きているのでしょうが、もはやあっしに関わりなどありゃしません。

あっしはあっしで、生きていくのに必死でしたから。

それから名前を偽り、素性を隠したあっしが、吉良上野介さまのお屋敷で雇われるまでの苦労話もありますが、まあ、今回のこととは関わりがないんで端折《はしょ》りますがね。

いずれにしろ、過去とは縁を切って、それなりに平穏に暮らしていたんですよ。

ところが、今年に入って、ちょいと気になる話を耳にいたしました。何でも、寅次郎とかいう人探し屋がどんな奴でも見つけ出してくれるとかいう話でね。

いえね、あっしも初めは聞き流していたんです。離れ離れになった生き別れの親子兄弟が再会を果たすとか、そういった美談の類だろうと思っただけでね。

ところが、そのうち不穏な噂《うわさ》が耳に飛び込んできました。

寅次郎に人探しを依頼するのは、たいてい恨みを晴らしたい相手のいる連中で、場合によっちゃ、寅次郎は仇討《あだう》ちの手はずまで調えてくれるとか。もちろん、お上に許された仇討ちなんかじゃありません。仇討ちしたいくらいの気持ちはあるが、それが許されない者が寅次郎を頼るというんです。

そう聞いた時、はやぶさ組の生き残りの中に、あっしを狙う奴がいても不思議はないなと思いました。とはいえ、もう八年も経《た》っていますし、本気で脅えたわけでもないんですよ。何よりそんなことを企むのは、よほど富三郎さまに忠義を立てていた連中でしょう。

そういう男たちは八年前、たいてい殉死してますんで、生き残った者の中にそこまで執念深い奴がいるはずないって。

けれども、最近になって、外へ出る度、誰かに見られているような気配を感じるようになりました。もしや、人探しの寅次郎が誰かに頼まれて、あっしを探索してるんじゃないかと思いましてね。

何を言っている、思い過ごしに決まっているじゃないかと、若旦那も弥助さんもお思いでしょう。

けれどね、ある時、外から帰ったら、袂《たもと》に折り鶴が入っていたことがあるんです。いつ入れられたのか、まったく気づきませんでした。ただ、やった人物はあっしの本名が鶴吉だってことを知ってる奴です。何たって折り鶴はね、富三郎さまがあっしをかわいがってくださるようになってから、よく飾ってくれたものなんですから。

もちろん、はやぶさ組の生き残りなら、近付かれれば、あっしも気づいたんじゃないかと思います。だから、そんなことをするのは連中から依頼を受けた人探し屋なんですよ。それにね、ついこの間、あっしのもとに脅しの書状が届いたんです。そこには、主人に殉じて死ねとありました。さもなくば、お前の住まいに火付けをする、と――。

これを見た時、あっしは観念しました。もはや自分の素性を隠している場合じゃない。下手をすれば、今お仕えしている上野介さまに、とんでもないご迷惑をかけることになります。

それで、すべてを上野介さまに打ち明けました。屋敷を追い出されることも覚悟していましたとも。

しかし、上野介さまはあっしをお叱りにはなったものの、このまま吉良家にいればよいと言ってくださいました。

――殉死を強要するなど、理不尽極まりない。そんなことを言ってくる愚か者の言いなりになるのは、間違っておる。親から与えられた命を無駄にせず、生きようとするお前は間違っていない、と。

そして、中山勘解由さまにお引き合わせくださったのです。もちろん、折り鶴も書状も中山さまにお見せした後、お預けいたしました。

誰のしわざかって。もちろん分かっておりますとも。

仲蔵に決まっています。

仲蔵が人探し屋を雇って、あっしを見つけ出し、脅してきたんでしょう。

上野介さまのお心遣いには、ただもう感謝の気持ちしかありません。だからこそ、上野介さまにご迷惑をおかけするわけにはいかないんです。

正気を失《な》くした仲蔵が上野介さまのお屋敷に火付けでもしたらと思うと――。あっしは今、上野介さまの屋敷地の中に建つ長屋住まいをしていますのでね。

それならいっそ、上野介さまのお屋敷を出ていくべきかとも思いましたが、上野介さまのお気持ちを無下にすることになるわけで、それを思うと踏み切れず……。

こんなふうにあっしが悩んでいることを申し上げましたら、中山さまがこちらの若旦那に話をしてみるようにとおっしゃいました。先ほども言いましたように、なぜなのかはあっしにも分からないんですがね。

四

藍之助の話は終わった。

藍之助のかつての仲間の一人である、仲蔵という男。同一人物かどうかは分からないが、同じ名を名乗る男はかささぎに何度か訪れている。

仲蔵は人探しの寅次郎に会いたがっていた。江戸を離れる前にどうしても会いたい昔馴《むかしな》染《じ》みがいると言っていた。それが、この藍之助ならぬ鶴吉のことだとすれば――。

(そういや、鬼勘は仲蔵さんのことを知ってるんだよな)

鬼勘が寅次郎のことを話題にした時、声をかけてきたのが仲蔵だった。その時、仲蔵ははっきりと名乗っていたから、鬼勘がそれを聞き逃したはずがない。

とすれば、この藍之助の話を聞き、鬼勘はすぐにかささぎで会った仲蔵を思い出しただろう。

(なるほど、鬼勘が藍之助さんの話を俺たちに聞かせたのは、このことあってのことか)

とはいえ、藍之助の耳に、仲蔵の話を入れるのはまだ早いだろう。喜八は、仲蔵がかささぎの客であることについては伏せておくことにした。

「長いお話をありがとうございました。中山さまがなぜ俺たちに話せとおっしゃったのかは、俺にもよく分からないんですが……」

喜八は言葉を濁したものの、

「寅次郎という人探し屋については、お力になれることがあるかもしれません」

と、先を続けた。

「そうなんですか」

藍之助が顔を上げる。

「茶屋にはさまざまな噂話が集まります。近頃じゃ、寅次郎という人探し屋のことはよく話題にのぼっていました。実は、俺も寅次郎さんには会いたいと思っていましてね。いえ、仇討ちしたい誰かがいるというわけじゃありません。ただ、話を聞いてみて、場合によっては仕事を頼んでみてもいいと思いまして」

喜八はすでに会ったということは隠しつつ、茶屋の客に寅次郎の消息が分かったら教えてほしいと頼んでいることを話した。

「もし、寅次郎さんに会えたら、仲蔵という人から藍之助さん、いや、鶴吉さんを探す依頼があったかどうか訊いておきますよ。まあ、打ち明けてくれるかどうかは分かりませんが」

「それはありがとうございます。ただし、あっしのことは……」

「もちろん、藍之助さんのことは絶対に言いません。それは信じてください」

喜八は堅く約束した。

「もし寅次郎という探し屋が仲蔵の居場所を知っていそうなら、訊いてもらえると――。もちろん、お金は払いますんで」

「藍之助さんは仲蔵さんの居場所が分かったら、どうするつもりなんですか」

喜八が訊き返すと、藍之助は少したじろいだ。

「もちろんお役人に伝えるんですよ」

「それなら、俺の方から中山さまにお伝えしておきますよ。藍之助さんは関わらない方がいいでしょう。仲蔵さんから恨まれているかもしれないんですから」

「それは、まあ、そうなんですがね」

まさかとは思うが、藍之助がやられる前にやる、などと考えつくこともあり得る。藍之助と仲蔵がそういう関係なら、近付けないに越したことはないだろう。

しかし、どちらもこのかささぎの客というのは、困ったことである。

「ところで」

話を変えるように、弥助が口を開いた。

「藍之助さんはかつて富三郎さまというご主君の男色相手だったということですが、今のご主人の上野介さまともそのような間柄なんですか」

いきなり、とんでもないことを訊き始めた。藍之助が怒り出すのではないかと喜八は焦ったが、一瞬の後、その耳に飛び込んできたのは、藍之助の笑い声であった。

「いや、上野介さまはそういうご趣向はないのでね。違いますよ」

「そうなんですか」

「弥助さんは興味がおありなんですか」

と、藍之助はじっと弥助の顔を見つめてきた。弥助もまた目をそらすことなく、藍之助を見返している。それを見ていると、喜八は何となく落ち着かない気分になった。

「別に興味があるわけではありません」

弥助はいつもと同じように冷静な調子で返す。

「戦国の世では、お殿さまと配下の者の間に、その手の結びつきがよくあったそうですよ。旗本奴といえば、戦国のかぶき者の生きざまに憧れる連中ばかりでしたからね。そういうところも真似《まね》たわけです」

「そうなんですか」

と、弥助が応じている。

「前々から思っていましたが、若旦那も弥助さんももう少し早く生まれていりゃ、いい旗本奴になったでしょうよ」

と、藍之助は喜八と弥助の顔を交互に見つめながら言った。

「え、旗本奴？」

あまりに思いがけない言葉に、喜八は裏返った声を出してしまった。

めったに物に動じぬ弥助も、さすがに返す言葉を持たないようだ。

「富三郎さまのようなお頭《かしら》はどこの組にもいました。顔のいい男はね、お頭から目をかけてもらえるんですよ。お二人ほどの器量なら、まず間違いなく」

旗本奴や町奴に何の縁もない男なら聞き流せる話だったろう。

だが、喜八も弥助もそうではない。それこそ世が世であれば――。

(俺がお頭になってたんだよな。そんで、俺が弥助を閨に……って、いやいやいや、あり得ないだろ)

勝手に想像を膨らませ、勝手に打ち消して、喜八は首を激しく横に振る。

「そんなに照れなくたっていいでしょう」

藍之助はちょっと笑った。弥助の方を見ると、何も言えずに固まっている。弥助でもそういうことがあるんだなと思うと、逆に喜八は落ち着きを取り戻した。

「まあね、こんな話をすると、顔の良し悪しで、運不運が決まっちまうような物言いに聞こえるかもしれませんが、お二人だって、内心じゃ思ってるでしょ。見た目に恵まれてりゃ、そうでない奴より、いい暮らしが送れるって」

それまでとはどこか違う藍之助の一面が顔をのぞかせていた。悩みごとを抱えた男の顔でもなければ、かつての仲間からの報復に脅える男の顔でもない。人より勝っている己の見た目を自覚した上で、優位に立つことをよしとする軽薄さ――そういうものが滲《にじ》み出ていた。おそらく若い頃はそれがもっと強く出ていたのだろうと、喜八は先ほどの藍之助の話を思い返した。

「いや、藍之助さん。男が見た目に恵まれていたって、いい暮らしが送れるわけじゃないでしょう。娘さんなら、いいとこの若旦那に見初められる、なんてこともあるでしょうけど」

喜八が言うと、藍之助は「そんなことないでしょうよ」と今度は声を立てて笑った。

「実際、ここの店が繁盛してるのだって、男前の若旦那と弥助さんのお蔭《かげ》じゃないですか。いやいや、ごまかしはなしですよ。そんなこと、二度しか来たことのないあっしの目にも明らかですからね」

遠慮のない藍之助の物言いに、喜八と弥助は思わず顔を見合わせていた。

まあ、藍之助の言葉もまったく外れてはいないだろうが、何となく素直に受け入れられない。

「今じゃ、旗本奴もすっかり消えちまいましたが、お二人なら江戸を代表する男伊達になったろうと思えたわけですよ。その器量ならお頭にかわいがられて、すぐ幹部に取り立ててもらえたでしょうからね」

「いやいや、お頭からかわいがられるとか、俺たちには考えられませんよ。なあ、弥助」

今度は苦笑いしながら言い返す余裕が、喜八にもあった。ところが、どうしたことか、

「若のおっしゃる通りです」といういつもの言葉が続いてこない。喜八は怪訝《けげん》に思いつつ、弥助の横顔に目を向けた。

「何だよ、弥助。お前、それもいいとか思ってないよな」

「いいも悪いも、特には何も」

弥助はふだんの落ち着きを取り戻して澄ましている。さっきはお前だって口も利けないほど固まっていただろうが――と藍之助がいなければ、言いたいところだ。

藍之助は再び笑い出した。

「弥助さんみたいに動じない男が、ああいうところじゃ、うまくのし上がっていけるんですよ。男色相手かどうかは別として、お頭の寵愛《ちょうあい》を奪い合う男たちの嫉妬ってのも、女より質《たち》の悪い時がありますからね」

ぞっとしないことを、藍之助は言い出した。

だが、弥助が話を変えたお蔭で、藍之助の憂いも深刻な方へ突き進むことから逃れられたようだ。表情も少し明るくなったように見える。

帰りは夜道が気になるなどと若い娘のようなことを言うので、弥助が近くの駕籠屋《かごや》へ行き、駕籠を店の前までつけてもらうことになった。

「くれぐれもお気をつけて」

藍之助を乗せた駕籠が芝居小屋と反対の方へ進んでいくのを、喜八は弥助と一緒に見送った。

「藍之助さんの言っていた仲蔵さんは、うちに来る仲蔵さんなんでしょうか」

店の中へ入り、戸を閉めてから弥助が口を開いた。

「それなんだよなあ。あの仲蔵さん、元旗本奴に見えたか」

「いえ、まったく。ごく真面目な、どこかの店の奉公人のようにしか見えませんでしたね。ですが、旗本奴だったのももう八年前のことですから」

「まあな、藍之助さんも話を聞くまでは、旗本奴にゃ見えなかった」

しかし、話を聞いた後は、ふとした表情や物言いなどに、旗本奴の断片などを見て取ることができたようにも思う。

「仲蔵さんは、人探し屋に昔馴染みを探し出してもらいたがっていたんですよね」

弥助が喜八に確かめてきた。仲蔵から話を直に聞いたのは喜八である。

「ああ。その馴染みがどういう人かは聞いてねえが、とにかく必死という感じだったな。ただ、その人の身が危ないかもしれないから、忠告してやりたいと言っていたが……」

その時は嘘を吐《つ》いていたようには見えなかったが、真実をしゃべっていたとは限らない。もちろん、それは藍之助についても言えることであった。

「あと、少し気になる話もしていた。男前の昔馴染みがいたらしいんだが、ちょいと軽い人柄なのが玉に瑕だったそうだ」

「それって、どことなく藍之助さんを思わせますよね」

と、弥助は言う。確かに藍之助は男前で、現在は軽い人柄と言うほどでもないが、かつてそうだった片鱗《へんりん》はうかがえる。

「探したい相手がその男前なのかどうかは、訊いても答えてくれなかった。ただ、その男前についてしゃべっている時は懐かしがっているふうで、必死に探しているふうでも、まして恨んでいるふうでもなかったが」

「この件で、俺たちにできることは、二人がここで鉢合わせしないように注意することくらいでしょうか」

考え込むような表情で言う弥助に、喜八はうなずいた。

「まあ、鬼勘がこの話を俺たちに聞かせた理由もそこだろうしな。けど、あれ以来、仲蔵さんは姿を見せねえし、あの調子じゃ、藍之助さんがここへ来ることもまずないだろ」

「そうですね。あとは、寅次郎さんがここへ来た時、仲蔵さんからの依頼を受けたかどうか、それとなく探り出すくらいでしょうか」

もともとは寅次郎をこの店へ呼び、仲蔵との間を取り持つ予定であったが、仲蔵とは連絡が取れぬ状態になっている。ならば、仲蔵が寅次郎に仕事を頼んだことはなさそうだが、

「俺たちとは別のつてを見つけたのかもしれません」と弥助は言った。

「寅次郎さんの側から、仲蔵さんを見つけ出したこともあり得ます。仲蔵さんの名は伝えていますし、何といっても人探し屋なんですから、そこはお手のもんでしょう」

「つまり、俺たちの知らないところで二人は接触していたから、仲蔵さんはうちに来なかったし、三郎太の兄ちゃんにも会いに行かなかったというわけか」

そうだとしたら、寅次郎はあえてそのことを伏せていたというわけだ。もちろん、他人の依頼を余所《よそ》でしゃべるような男は信用ならないが、寅次郎にはいろいろと裏がありそうに思える。

何といっても、巴屋の主人の依頼で喜八たちのことを調べ、今度は喜八たちの依頼で巴屋の主人の素性を調べることに、何の抵抗も感じぬ男なのだ。

「寅次郎さんは例の件で、一度報告に来ることになっていたな」

「はい。十日のことですから、明後日になります」

「よし。その機を逃さず、しっかり聞き出すことにしよう」

喜八は気を引き締めて言った。

五

二日後の五月十日、この日は店じまいの頃に寅次郎が来る約束になっている。また、寅次郎を喜八に仲立ちした百助も来ることになっていた。

寅次郎は他の客に混じって、暮れ六つ（午後六時頃）の少し前にやって来て席に着き、お茶漬けを注文している。それから少し遅れて百助が現れ、寅次郎の前の席に座った。

やがて、他の客たちが帰っていくと暖簾を下ろし、喜八と弥助は二人の席へ出向いた。すでに食事を終えた二人の席には、冷たい麦湯の碗だけが載っている。

「ご依頼の件ですがね。巴屋に何食わぬ顔で出入りするわけにいかないんで、少々手間取りはしたんですが、いくらか分かったことはありますよ」

と、寅次郎が切り出した。相変わらず親しみやすく、愛想のよい表情を浮かべている。

「巴屋仁右衛門が伊勢の生まれで、十年ほど前に江戸へ出てきたのは間違いないようです。伊勢商人といや、商い上手で知られていますが、あの人もその一人なんですな。伊勢の実家の商いまでは分かりませんでしたが、跡継ぎじゃないため、江戸で一旗揚げようと出てきたようです。どこぞの雇われになることはなく、神田の辺りで小さな茶屋を始めるんですが、すぐにやめてしまいました。その理由は今調べているところですよ。あっしの直感ですが、何か引っかかるもんがある。で、その後のことも実はよく分からねえ。はっきりしてるのは、今から六年前に巴屋を買い取ったということですな。しかし、その金はどこから出てきたのか。神田の小さな茶屋で貯《た》めた金とも思えねえ。伊勢の実家から出てるのかもしれませんが、そのあたりもはっきりしませんでね」

引き続き調べると、寅次郎は約束した。前に支払った一貫文がまだ残っているので、調べにかかる費用を追加してもらう必要はないという。あとは、調べが終わった時、仕事の報酬も含めて清算してもらうということであった。

「それにしても、仕事を始めてもらったのは十日前ですよね。それで、ここまで分かっちまったってのは、やっぱり寅次郎さんは凄腕《すごうで》なんだな」

喜八は感心して言った。

「いやあ、今回はもたもたしている方でさあ。あっしが探っていることを、巴屋さんに知られるわけにゃいかないんでね」

しかし、もう少し時をもらえれば、神田の茶屋をやめてから巴屋を買い取るまでのことも、ちゃんと調べられるだろうと、寅次郎は請け合った。

「じゃあ、そっちは引き続きよろしく頼みますよ。それと、話は変わるんですが、寅次郎さんに仕事を頼みたがっていたうちのお客さんのことでお尋ねしたいんです」

喜八が話を変えると、寅次郎の表情が一瞬固まったように見えた。

「仲蔵さんというお人です。覚えておられますか」

「はあ。若旦那が話してくださったことは覚えていますよ。四月末日、あっしがここへ伺う日に、その人も呼んでくれる手はずだったが、来なかったんですよね」

「ええ。その日までにお伝えできなかったんですよ。うちにも来なかったし、訪ねていくと聞いていた神田佐久間町にも現れなかったもので」

「ああ、そうでしたな。なら、仕方がないでしょ。若旦那が気にすることはありませんよ」

寅次郎はどことなくそっけない調子で言った。

「そうなんですが、仲蔵さんは必死だったんですよ。うちだけじゃなく、あちこちの茶屋をめぐって、寅次郎さんの話を聞き回っていたそうです。それでね、俺たちはこう考えました。仲蔵さんがうちへ来なくなったのも、佐久間町へ行かなかったのも、その必要がなくなったからじゃないかって」

「どういうことです」

喜八をじっと見据える寅次郎の顔つきは、もはや愛想のよいものではなくなっていた。

「だから、俺たちの知らないところで、寅次郎さんと仲蔵さんが会っていて、すでに仲蔵さんは寅次郎さんに仕事を依頼していたんじゃないかってことですよ」

喜八がはっきり言うと、寅次郎はにやっと笑った。

「いやいや、一筋縄じゃいきませんね。さすがは元……」

と言いかけた寅次郎は、「おっと」と呟き、口をふさいでみせたものの、いささかわざとらしく見えなくもない。

「怒らないでくださいよ。あっしは皆さんの素性は知ってるもんですから」

「別にいいですよ。隠してるわけじゃなし」

「ははあ。さすがは元かささぎ組、組頭の倅《せがれ》さんですな。度胸が据わっておられる」

寅次郎は喜八を持ち上げるように言うが、それもわざとらしく聞こえた。

「しかし、これだけは信じてください。あっしは依頼主さんのことも、依頼によって知り得たことも、依頼主以外の人にしゃべるような真似はいたしやせん」

その時、弥助が割って入った。

「つまり、仲蔵さんの依頼を受けたかどうかは、俺たちに明かせないということですか」

寅次郎は喜八から弥助に目を向け、再びにやっと笑ってみせる。

「話が早くて助かりますよ」

「よく分かりました。ですが、依頼主に対してなら、しゃべってくれるんですよね」

弥助がすかさず切り込むように言う。

「それは……」

寅次郎が少し怯《ひる》んだ表情を見せた。

「若、寅次郎さんにお頼みしてください」

と、弥助が喜八を促す。

「ああ。それじゃ、寅次郎さん。もう一つ新しい依頼をさせてもらいますよ。仲蔵さんの今の居所と素性を教えてください」

喜八が落ち着いた声で告げた。

「やれやれ。そうきましたか」

寅次郎が苦笑を浮かべる。

「前のお客さんが新たなお客さんの標的であっても引き受ける、それが寅次郎さんのやり方でしたよね」

弥助が再び切り込んだ。

「確かに、そう言いましたな」

「ならば、お願いします。今知っていることを教えてください。依頼したんですから、隠し事はなしですよ」

弥助の次から次への願い出にはもはや逃れる術《すべ》もないとあきらめたのか、寅次郎は一つ大きな溜息《ためいき》を漏らした。

「まったく。これから調べる、なんて言い逃れは許してもらえそうにないですな」

「やはり、仲蔵さんの依頼を受けていたんですか」

喜八が問うと、「まあそうです」と寅次郎は素直に答えた。

「ただし、その中身についちゃご勘弁願います。それをしゃべっちまうのはあっしの主義に反するんでね。まあ、皆さんはおおよそ予測がついているんだろうが……」

「では、仲蔵さんの今の居所と素性を教えてください」

弥助が急《せ》かした。

「仲蔵さんの今の住まいは神田白壁《しらかべ》町の長屋です。大家の名から藤兵衛《とうべえ》長屋って呼ばれてますが、藤兵衛長屋の仲蔵さんと訊きゃ、すぐ分かりますよ。今は、左官の仕事を日雇いでしながら細々暮らしてるそうですが、昔ははやぶさ組っていう旗本奴の幹部でした。百助さんと同じように、あの大弾圧を逃げ延びたんですな」

寅次郎はあっさりと打ち明けた。

喜八と弥助は顔を見合わせる。

やはり、あの仲蔵は藍之助が話していた仲蔵だったのだ。とすれば、仲蔵が探していたのは藍之助であり、その藍之助を探すよう、人探しの寅次郎に依頼したと考えられる。藍之助は仲蔵に恨まれていると脅え、かつての主人富三郎のあとを追って殉死しなかったことで、さらに憎まれていると思うふうであった。

仲蔵が藍之助を見つけ出して何をしたいのかは分からないが、もしやその命を奪おうというつもりなら――。そして、この寅次郎は人探しに加え、仇討ちの手伝いまでしているという噂もある。

（すぐにでも鬼勘に知らせなけりゃいけねえ）

喜八の心に焦りが生まれた。すると、まるでそれを見透かしたかのように、

「何か思うところがおありなら、急いだ方がいいかもしれませんよ」

と、寅次郎が言い出した。

「仲蔵さんの依頼は明かせませんし、そちらさんの事情も存じませんがね。あっしの勘じゃ、仲蔵さんは何か大きなことをやらかそうとしてるように見えます」

それは、自分の働きのお蔭で仲蔵が何らかの思惑を果たすのと、喜八たちがそれを阻むのと、どちらが早いか競争だ、という挑発のようにも聞こえた。

寅次郎にしてみれば、客が人探しを依頼する理由には頓着しないのだろう。依頼された相手を見つけ、場合によってはその先の手伝いまでするが、そのどちらにも肩入れしない――という割り切った考え方については前の時に聞かされている。

「それじゃ、あっしはこれで。今日の依頼の報酬につ いちゃ、巴屋さんの件と一緒にまとめてお支払いいただきますんで」

また、十日後の五月二十日に経過を知らせに来るが、それ以前に調査が終われば、早めに来る――と言い置いて、寅次郎は店を後にした。

「仲蔵さんの居所は、すぐに鬼勘に知らせた方がいいよな」

寅次郎がいなくなってすぐ、喜八が言うと、

「あっしが行ってまいりやしょう」

と、百助が言った。

「前のように、南町奉行所へ行って……いや、あれは三月のことだから、もうお役人に話が通じてないかもしれねえ。よし、川向こうの鬼勘の屋敷までひとっ走りしてきまさあ。何、場所はよく分かってますんで」

百助は頼もしく言い置き、すぐに店を出ていった。

「仲蔵さんの居所さえ分かれば、鬼勘が手を打つでしょう。もしすでに藍之助さんの居所を知っていて、あの脅し文《ぶみ》を送りつけたのも仲蔵さんなら、すぐにお縄になるでしょうし、そうでなくとも鬼勘の配下の目が光ってりゃ、藍之助さんに手を出すことはできないでしょうから」

弥助が整然と説く言葉に、「そうだな」と喜八はうなずいた。

まだすべてが解決したわけではないが、少なくとも自分たちにできることはすべてした。

「さ、俺たちも夕餉《ゆうげ》を食っちまいましょう」

弥助に勧められた途端、急に腹の虫が鳴いた。

「ああ。松つぁんを待たせちまって悪かったな」

二人そろって調理場へ出向くと、味噌汁《みそしる》のよい香りが鼻をくすぐってきた。

六

その翌日の五月十一日。

神田白壁町の藤兵衛長屋に、鬼勘とその配下たちが突然現れた。長屋の住人、仲蔵の部屋の戸がどんどんと激しく叩かれる。

「仲蔵はいるか」

役人が声を張ると、すぐに中から戸が開けられ、仲蔵本人が現れた。驚きの表情は浮かべているが、激しく動じているというわけでもない。

「何の御用でございましょう」

仲蔵が丁寧に問うた。鬼勘がずいと進み出る。

「おぬしは仲蔵で間違いないか」

鬼勘の問いに「へえ、間違いございません」と仲蔵は答えた。

「元旗本の佐山家を知っているな」

唐突の問いかけに、仲蔵はすぐに返答しなかった。

「きびきび答えんか」

鬼勘の配下の侍が厳しい声を出す。

「へ、へえ。存じております」

仲蔵は慌てて答えた。

「おぬしは佐山家に仕えていたな」

「……へえ」

「同じく佐山家に仕えていた中間の鶴吉を知っているな」

「……へ、へえ」

仲蔵は答えたものの、もう鬼勘の顔は見ておらず、じっと下を向いている。鬼勘は配下の者たちに目配せをし、仲蔵は役人たちに左右から腕を取られ、引っ立てられることになった。


鬼勘がかささぎに現れたのは、この日の夕方であった。

いつものように、配下の侍を二人連れるのではなく、奉公人らしい男を一人連れている。

「昨日、百助より聞かされた件につき話があるゆえ、店じまいまで待つ」

鬼勘は有無を言わせぬ口調で告げ、喜八も分かりましたとすぐに応じた。

それから、鬼勘は衣揚げの盛り合わせや焼き茄子、冷ややっこやがんもどきなどを頼み、奉公人と二人で食事を始めた。鬼勘と同い年くらいの奉公人は、初めこそ居心地悪そうにしていたが、料理が目の前に並べられると明るい顔つきになり、鬼勘に勧められるまま、美味そうに料理を口へ運んでいる。

店じまいが近くなった頃、空いた皿を下げに鬼勘の席へ出向くと、

「この者は彦一《ひこいち》と申して、我が家の料理人なのだ」

と、鬼勘は連れの男を喜八に引き合わせた。

「何と、中山さまのお屋敷の料理人さんだったんですか」

さすがに喜八は驚いた。

「殿さまがさかんに、木挽町の茶屋の料理が美味いとおっしゃいますので、いつか自分の舌で試してみたいと思っておりました。実によいものを食べさせていただいた。研鑽《けんさん》になりました」

彦一はたいそう謙虚な態度で、両手を合わせて言う。

「彦一は古くから我が家にいる料理人で、行事ごとの凝った膳などを任せても滞りなく仕事をこなす。されど、私は凝った料理より、この店のような料理が好きでな。それを彦一に伝えてやりたかったのよ」

身分こそ違えど、鬼勘と彦一の二人からは古い友人同士のような親密さが伝わってきた。もしかしたら、死んだ旗本奴の富三郎と仲蔵、また藍之助の間にも同じような絆《きずな》があったのだろうかと、喜八は想像する。

そのやり取りをしてから間もなく、儀左衛門と六之助、おあさとおくめの四人が店へ現れた。

「こんばんは、喜八さん」

おあさは明るい声で挨拶した。

「今日はおくめと山村座の『屈原』を見てきたの。お父つぁんたちが喜八さんに話があるというので、待ち合わせて一緒にお邪魔したのよ」

「東先生のお話って？」

喜八は四人を「い」の席へ案内しながら、目を儀左衛門に向けて問うた。

「そりゃ、あての台帳書きの手伝いを頼むことや」

儀左衛門はさも当たり前のように言う。

「先生もようやく屈原の芝居を書き始められましてね。いや、先ほどなどはたいそう興が乗られて筆が止まらぬ勢いでございまして。お嬢さんたちとのお約束に間に合わなくなるんじゃないかと、ひやひやしておりました」

と、六之助が言い添えた。

「それで、お手伝いのやり方などについては、前のような形でよいと思うのですが、もう少しくわしい打ち合わせをしたいので、店じまいの後までお邪魔させてもらってもよろしいでしょうか」

六之助の話し方は実に謙虚で礼儀正しいのだが、お手伝いの一件はすでに決まったこととして話をしているようだ。

(屈原の台帳書きの手伝いをすると、まだ返事したわけじゃないんだけどな)

とは思ったものの、おあさやおくめのいる前で、やれ引き受けるの引き受けないのと、四の五の言うのは恥ずかしい。まあ、仕方ないかという気分でうなずきかけたものの、店じまいの後は、鬼勘から話を聞かなければならない。

「ええと、あちらにおられるのは中山さまと、お屋敷の料理人さんなんですが、後でお話を聞くことになっていまして、店じまいまでお待ちくださっているところなんです。ですから、先生のお話を伺うのは、まずあちらのお話が終わってからということになっちまいますが、かまいませんか」

「それはいっこうにかまいません」

ということで、この日は店じまい後もにぎやかになりそうである。

「まずは、先生のために熱燗《あつかん》を一つ」

と、六之助からの注文が入り、その後、弥助が熱燗を席へ運んだ。調理場へ戻ってきた弥助は、六之助からの新たな注文を伝える。

「衣揚げの盛り合わせ四人前に、白飯二人前、握り飯一人前、茶漬け一人前。他に、茗荷の甘酢漬けと味噌汁を四人前、だそうです」

これまた、相当な量の揚げ物になるが、松次郎が平然と引き受けるのもいつものことだ。その度に、小麦の粉を水で溶いたものに、切った野菜をつけては、黙々と油の中に落としていく。油の弾ける音が聞こえてきて、少しすると香ばしいにおいが流れてきた。

儀左衛門たちの衣揚げが出来上がった頃には、店の中の客も少なくなりかけている。

やがて、鬼勘たちと儀左衛門たちを残して他の客がいなくなると、暖簾を下ろし、喜八と弥助はまず鬼勘の席へ向かった。

「お待たせしてすみません」

鬼勘の前の席を勧められ、喜八と弥助は並んで腰を下ろした。彦一はすでに別の空いている席に移っており、この話には加わらないようだ。

「実は今日、仲蔵の長屋へ参った」

鬼勘はそう口を切ると、その時の出来事をくわしく語り出した。仲蔵が素直に己の素性を認め、鬼勘の指図にそのまま従ったと聞き、喜八はほっと息を吐く。

「では、これで藍之助さんは憂いがなくなったということですね」

「うむ。まあ、仲蔵から襲われることはなくなった」

鬼勘は少し考えるふうな表情を浮かべたが、ややあって、喜八と目を合わせると、

「まあ、取りあえず礼を申しておこう」

と、おもむろに言い出した。

「この度はおぬしらが寅次郎、藍之助、仲蔵からうまく話を引き出してくれたことで助けられたからな」

何となく言い訳がましい物言いである。元町奴の倅に礼を言うのが業腹《ごうはら》なのだろうか。

「さて、私の話はこれで終わりだが、あちらを待たせておるのではないか」

鬼勘が声の調子を変えて言い、儀左衛門たちの席へちらと目を向ける。

「あちらは、東儀左衛門先生であろう」

「あ、はい。そうですね」

「先ほどお弟子さんの声が大きかったので、聞こえてしまったのだが、先生は屈原を新しい芝居に仕立てるつもりなのかね」

「はあ。そう聞いていますが、気になるのなら直にお尋ねになったらいかがです。先生にお声をおかけしましょうか」

「ふむ。では、そうしてもらおうか」

実は芝居好きらしい鬼勘は、どことなくそわそわした様子で言った。そこで、喜八と弥助は席を立ち、儀左衛門のもとへ行って、鬼勘が儀左衛門の書く屈原の芝居について聞きたがっていると伝えた。

「何、中山さまが――」

と、儀左衛門はにわかに色めき立ち、いそいそと立ち上がった。鬼勘の席の横まで行く

と、

「これは、中山さま。ご無沙汰《ぶさた》しておりましたなあ」

と、いつになく礼儀正しい態度で鬼勘に挨拶する。

「あての書く屈原に、興味をお持ちくださっているとか」

「ふむ。屈原といえば、今、山村座でかけられておるが、あれは東先生の書いたものではないということかね」

「へえ。あれは御覧に？」

「通して見てはおらぬ。一部を見ただけだが、いまいち見どころが分からなかったのでな」

「まったく仰せの通りで。あては山村座の屈原を超えるものを書いて、来年、別の芝居小屋にかけるつもりどす。その台帳書きの手伝いを、こちらの若旦那と弥助はんにお願いしようと、今日は参ったんですわ」

「ほほう。ということは、先生の屈原には若旦那たちが出るということかな」

興に乗った様子で鬼勘は言った。

「待ってください」

儀左衛門の後ろにいた喜八は話に割って入った。

「まだ台帳書きのお手伝いをするともお約束していません。それに、お芝居に出るなんてありえないお話です。それも、山村座以外の芝居小屋だなんて」

「ほう。つまり、山村座の芝居なら出てもよいと——？」

揚げ足を取るように、鬼勘が言う。

「山村座の芝居なら、若旦那はもう二回、弥助はんは一回出ておりますわ。あては初めの一回は見逃してしまいましたが」

儀左衛門がこれまた鬼勘に調子を合わせる。

「何を言ってるんですか、先生。あれは、遊びのお芝居。本物のお芝居じゃありません」

しかし、何を言ったところで、鬼勘と儀左衛門の組み合わせに抗する力にはならない。

「先生が若旦那たちに稽古をつけるのなら、私もぜひ見てみたい。生憎、いつ暇ができるとも知れぬ身ゆえ、可能ならば、今日これからほんの少しでも見せてもらえるとありがたいが」

鬼勘は身勝手なことを言い出した。さらには、「それはええ」と、儀左衛門が大乗り気。喜八たちが台帳書きを手伝うのはもう決まったことにされている。それどころか、あくまで「お手伝い」に過ぎないというのに、鬼勘は「稽古」などと言い出した。

「天下の中山さまが御覧になってくだされば、若旦那と弥助はんも気合が入りますやろ。かく言うあても気持ちが昂《たかぶ》ってまいりましたわ」

「お待ちください。俺と弥助はまだ夕餉だって摂っていないんですよ」

「せやな。ほな、前の時のように、早う済ませてきとくれ。何、その間は中山さまと芝居談義でもしてますさかい、こっちは気にせんかてええ」

と、儀左衛門が言えば、「おお、東先生と芝居談義をさせてもらえるとは、またとない機会」などと、鬼勘もご満悦である。

「私の知人に、教養のある高家旗本がおるのだが、この話を聞けば、たいそううらやましがることであろう」

と、すっかり乗り気になっていた。

もはや逆らう気力もなく、喜八がおあさたちのいる席の方へ戻ると、

「まさか、今夜、喜八さんたちのせりふ回しが聞けるなんて」

と、おあさとおくめははしゃいでいる。

「若旦那も弥助さんもご安心ください。先生が先ほどお書きになっておられた屈原の台帳は、ここへ持ってまいっておりますので」

六之助は嬉々《きき》とした様子で言い添えた。

弥助を見れば、これ以上ないというほどげんなりしていたが、もはや観念してもらうしかないだろう。喜八は弥助と共に調理場の松次郎のもとへ行き、急いで食べられる夕餉を用意してもらうことにした。

客席でのやり取りが耳に入っていたらしく、松次郎はすでに握り飯を作り始めている。

その他にも用意してくれたお菜を何皿か平らげると、喜八と弥助は儀左衛門たちのところへ戻った。

何と、いきなり立ち回りまでさせるつもりか、客席の一部が片付けられている。

「では、お二方。屈原の台帳書きへのお手伝い、よろしくお願いいたします」

と、六之助が台帳らしきものを手に、深々と頭を下げる。その声はやる気満々であった。

「ちなみに、このお芝居は主役が屈原、その敵役《かたき》が子蘭《しらん》といいまして、主たる筋書きはこの二人の対立、抗争といったものです。これに、二人が仕える楚王《そおう》や、楚王の敵となる秦《しん》王《おう》の思惑などがからんで、戦国の世の大いなる物語となるんですな。今はおおよそ、その辺りを頭に入れておいていただければ、と」

「この話には、女子《おなご》の絡む逸話が乏しゅうてな。せやけど、芝居には女形《おやま》の見せ場を作らなあかん。とはいえ、今はそこまで考えついてへんさかい、ま、今日は若旦那が屈原、弥助はんが子蘭という配役で進めまひょか」

儀左衛門が意気揚々と指示を送った。

先ほどと同じ席に座った鬼勘と、その前の席に戻った彦一は、興味津々の眼差《まなざ》しを喜八たちに向けている。おあさとおくめはそれ以上の熱心さで、入り口に近い隅の席へと移動し、おあさは眼鏡まで取り出していた。

「屈原の性状は頑固で一徹といったところや。口の利き方や態度は尊大でなく、といってへりくだるのでもなく。常識も礼儀も弁《わきま》えてるけど、己が信じるところは絶対に譲らへん、という芯の強い男で願いますわ。一方の子蘭は王族やさかい、思い切り偉そうでええ。ちょいと屈原を馬鹿にしてるふうを出し、悪役っぽい風情を出してもらえると、なおええ感じになりますわ」

儀左衛門がそれぞれの役柄について思うところを述べたところで、六之助が手回しよく、台帳を開いて喜八に見せた。

「では、若旦那。まずは、こちらのせりふをお願いします。屈原の仕える楚王のもとへ、敵国の秦王から和議の誘いがあったという話の後のせりふです」

はい――と、台帳を見せられ、喜八はそれを読み上げ始めた。

「偉大なる我が陛下。秦王は蛇のごとく悪辣《あくらつ》な男でございますぞ。騙《だま》されてはなりませぬ。陛下の妃に、秦の王族の姫を世話したいという話とて、まこととは限りますまい。どこの馬の骨とも分からぬ女を王族の養女にして、陛下に娶《めと》らせようという腹積もりかもしれませぬ」

「う―ん」

儀左衛門が唸《うな》った。

「やっぱり、いけませんか」

喜八としても、いいとは思えない。正直、屈原という人物がよく分からないし、どんなふうに感情を乗せればいいのかもよく分からなかった。

「特に下手というわけやないんやけど、王国の臣下という感じが伝わってこんのや。屈原は忠誠心厚い男や。楚王を何としても守らねばならんと思うとる。そのためならば、たとえ楚王の意に反することであっても諫言《かんげん》するし、そのせいで失脚しても仕方ないと考えるような硬骨漢《こうこつかん》や」

「……はあ」

儀左衛門の言うことは頭では分かる。だが、屈原みたいな男の気持ちを抱いた経験がないせいか、気持ちがうまくこめられない。

「そういう男のせりふをうまく言うには、どうしたらいいんでしょうかね」

ふと思ったことをそのまま口に出してしまった。その途端、

「何と、若旦那。ついにやる気になったのやな」

儀左衛門が昂った声を上げた。

「先生、熱心に若旦那をかき口説いた甲斐がありましたね」

六之助が嬉しそうに言葉を添える。おあさとおくめは互いに手を取り合い、期待に目を輝かせていた。

「いや、その……。今のは別にうまくなりたいとか、そう思ってるってことじゃなくて」

喜八は慌てて言い直したが、昂奮《こうふん》している儀左衛門らの耳には届かぬようであった。

「若旦那の今の気持ちが、役柄に近付く第一歩や。まずは、その役を理解しようという心を持つこと。そこから、どうやって役に近付いていくかは、役者一人ひとりの手法になるんやけど、何、心配することはあらへん。あてが一緒に、若旦那にとっていちばんの手法を見つけたるさかい」

得々として言う儀左衛門の言葉は、遮《さえぎ》ろうとしてもできるものではなかった。

「まあ、今日のところは先へ行きまひょ」

儀左衛門はにこにこと上機嫌で言うと、続けて弥助に目を向ける。

「ほな、次。子蘭のせりふ、いこか」

高らかな声で告げる儀左衛門の指示を受け、六之助が別の一葉を開き、弥助の前に突き出した。

「思い切り意地の悪い、蛇みたいな男の感じで頼みますわ」

と、儀左衛門。

「おそれながら、楚王陛下。屈原めの発言は秦国を憎悪するあまり、偏ったものでございます。かような者の言葉でお耳を汚されてはなりませぬ。秦王が陛下の前にへりくだり、妃を世話したいと言ってまいったのです。陛下は大国の寛容さでもって、受け容《い》れてやればよろしい。なあに、下女の一人とでもお考えになって、気に入らねばお目に触れない部屋に監禁なさいませ。いずれにしても、秦王からの人質にすぎませせぬ」

「ほう、ほう」

儀左衛門はますます昂奮した声を発した。

「弥助はん、あんたはふだんから鍛錬しているだけあって、嫌味な男のせりふ回しが実に上手《うま》いなあ。そっけないふだんの地顔も、子蘭によう合《お》うてはる」

弥助の方は絶賛である。

「何ですか、鍛錬って。俺は別に……」

と、弥助が真顔で反論しかけたその声を遮り、

「東先生」

突然、鬼勘が大きな声を出した。

「一つ頼まれてほしいことがあるのだが……」

その場にいた人々の目がいっせいに鬼勘に注目した。

「無論、芝居に関することだ」

鬼勘はおもむろに言い、それから一つの計画を語り出した。誰一人、口を開かず、しわぶき一つ漏らす者もいない。しばらくの間、鬼勘の声だけが朗々と人々の耳を打ち続けていた。

第四幕　屈原憂悶《ゆうもん》の泡沫《うたかた》

一

五月二十日、藍之助は主君、吉良上野介の命令により、木挽町へ供をした。何でもこの日は、山村座の芝居「屈原」の千穐楽《せんしゆうらく》に当たり、ぜひとも見ておくべきだと中山勘解由に勧められ、上野介がその気になったためである。

「お殿さまが芝居を御覧になっている間、あっしは小屋の外でお待ちしていればよろしいんでしょうか」

藍之助が尋ねると、

「いや、お前も私と共に芝居を見ればよい」

と、上野介は答えた。

「どうせ、桟敷席《さじき》で見るのだ。お前一人くらいが端に座るくらいの隙間はある」

よく聞けば、お役人が芝居の中身を検《あらた》めるために用意された席があり、当日、中山勘解由と上野介はその桟敷で一緒に芝居を見るらしい。

「中山さまは一度御覧になったお芝居を、また御覧になるのですか」

どうも妙な話だと気になって尋ねてしまったが、それで上野介が家臣や中間《ちゆうげん》を咎《とが》めることはない。疑問があれば何でも尋ねるべきだと、いつも言っていたからだ。納得できなかったり、理不尽だと思ったりすることに対し、相手が目上だからと遠慮したり、問うこと自体を恥じたりするのは、愚かなことだ、と——。

だから、この時も、上野介は藍之助の疑問にありのままに答えてくれた。

「勘解由殿は屈原の芝居を通しでは見ていないそうな。だから、千穐楽では通しで見るとおっしゃっている」

「そういうことでしたか」

と、そちらは納得したものの、中山勘解由と上野介が一緒の席へ、自分も同席するというのは、なかなかに緊張しそうである。

とはいえ、芝居小屋の外で一人待たねばならぬのも、苦痛には違いなかった。

何でも、自分を狙っていた仲蔵はつかまったそうで、一人でいても危険なことはなくなったが、暇を持て余すには違いない。芝居にさほど興味があるわけではないが、一人で暇をつぶすよりはましであろう。

「かしこまりました。では、おそれ多いことですが、桟敷の端で見物させていただきます」

と、藍之助は答えた。

「芝居小屋へ行く前に、茶屋へ寄ろうと思うが、お前の馴染《なじ》みの茶屋があったろう。勘解由殿もご存じであるという」

「かささぎのことでございますね」

上野介の問いかけに答えたものの、藍之助はすぐに付け加えた。

「しかし、かささぎは小茶屋でございます。お殿さまがお立ち寄りになるのであれば、芝居小屋の近くに大茶屋がございますが」

「勘解由殿からは、料理が実に美味《うま》い店だと聞いておるぞ」

上野介は首をかしげる。

「あ、それはまことにその通りでございます」

「ならばよい。勘解由殿が勧めてくださった茶屋へ参ろう」

ということで、当日の昼前、上野介と藍之助はかささぎの暖簾《のれん》をくぐった。

「いらっしゃいませ」

と、声をかけてきたのは、息を呑《の》むほど別嬪《べっぴん》の女であった。やや年はいっているが、十分に人目を惹《ひ》きつける華があり、何より色っぽい。

これには、上野介も思いがけなかったようで、一瞬、言葉を失《な》くしていた。

「お客さまはお二人ですか」

別嬪の女が空いている席へ案内してくれた。喜八たちはどうしたのかと、思わず店の中を見回していると、藍之助の戸惑いに気づいたのか、女は名を名乗った。

「あたしはここの女将《おかみ》で、もんと申します。ここは甥《おい》に任せていまして、いつも出ているわけじゃないんですが、お客さまは初めてお見えくださったんでしょうか」

「私は初めてだが、この藍之助は何度か来ておると聞く」

上野介が答えると、おもんは「あらまあ」と藍之助に艶《あで》やかな笑みを向けた。

「それは、おありがとうございます。今後ともご贔屓《ひいき》に」

「あ、いや、はい。今日は若旦那《わかだんな》はどうしたんです」

藍之助は何とか返事をし、言葉を継いだ。

「喜八と弥助はちょいと用事で出ております。料理人はいつもの者がおりますので、遠慮なくお申しつけください」

おもんの言葉に、上野介がお勧めのものを尋ねた。

「白瓜《しろうり》と豆の餡《あん》かけがございます。今日は暑いですから冷たくしたのがお勧めかと。お体によいものとしては、めかぶの味噌《みそ》汁《しる》などがお勧めでございます」

「ふむ。では、それを頼もう。あと、ちまきはあるかね」

上野介の問いかけに、おもんはもちろんあると答えた。

「お客さまはこれから、『屈原』を見に行かれるのですか」

さらにおもんが問うと、上野介は表情を和らげた。

「さよう。屈原といえば、ちまきを食べねばと思うてな。藍之助、お前も同じでよいか」

藍之助は、屈原でなぜちまきなのか、よく分からなかったが、おもんの前で尋ねることは気が引けて、ただ「へえ」と答えるにとどめた。

注文を受けたおもんが奥へ下がってしまうと、

「藍之助よ、おぬし、なぜちまきなのか分からぬのに、分かったふりをしおったな」

と、上野介から訊《き》かれた。

「へえ。申し訳ありません」

「まあ、よい。あの女将の手前、訊きにくかったのであろう」

「……おっしゃる通りです」

素直に答えると、上野介は朗らかに笑った。

「これから見る芝居は『屈原憂悶の泡沫』というのだが、おぬし、屈原については知っておるのか」

「いえ、まったく」

「屈原というのは、遠い昔、海の向こうにあった楚《そ》という国の貴人だ。当時は戦国の世で、国々が相争っていたのだが、中でも秦《しん》という国が強国であった」

「屈原とは人の名でしたか。楚というのは弱い国だったのですか」

「弱いというほどではないが、秦には及ばなかった。秦は後に、国を一つにまとめるのでな。まあ、それはよいとして、屈原は非常に聡明で、忠義に厚く、国を思う心の深い男であった。それゆえ、楚の国の王は屈原を重用し、国の政《まつりごと》を任せていたのだ。一方、同じく楚王に仕える家臣の中に、子蘭《しらん》という男がいた。この子蘭は王族の出で、この男も楚王に重用されていた」

「二人が同じように大事にされていたんじゃ、争いごとの元になるんじゃないですか」

藍之助が言うと、上野介はおもむろにうなずいた。

「お前の言う通りだ。屈原と子蘭の間に切っても切れぬ信頼があればよいが、そうでなければ対立は免れなくなる。やがて、楚は強国の秦から同盟を持ちかけられた。これを受けるかどうかで揉《も》めた時、屈原は同盟に反対し、子蘭は同盟に賛同した。結局、王は子蘭の考えを聞き容《い》れ、秦と同盟を結ぶことを決める。それで、楚の王は秦の王族の女との婚礼のため、秦へ赴いたのだが、それこそが秦の謀《はかりごと》であったのよ。楚の王は秦に捕らわれ、そこで死んでしまった」

「つまり、屈原の言うことが正しかったってわけですね」

「さよう。その頃、屈原は己の考えが受け容れられない宮廷に見切りをつけ、都を去っていた。しばらく、楚の国の行く末を憂え、嘆いていたのだが、それが高じてついには川へ身投げしてしまうのだ。人々は屈原の死を悲しみ、その骸《むくろ》が魚の餌食《えじき》になることを悲しんだ。せめて骸だけでも守ろうと、魚の餌《えさ》としてちまきを川へ投げ入れたという。このことから、屈原の命日である五月五日には、ちまきを川へ投げ入れて、その魂を鎮めることが、かの国の風習になったそうな。時が移った今は、ちまきを食べる風習として残っておる」

上野介の説明を聞き、藍之助は今日の芝居とちまきとの関わりを理解した。

「よく分かりました。ありがとうございます」

藍之助は礼を述べ、それからおもんが席へ運んでくれたちまきと味噌汁、白瓜の料理を味わった。

白瓜と豆の餡かけは初めて食べたが、とろりとした餡に優しく包まれた白瓜に出汁《だし》がよくしみ込んでいて、その味わいと冷たさが舌に心地よい。

「さすがに、勘解由殿が贔屓にしているだけのことはある。いずれも手が込んでいて、よく考え抜かれた品であった」

上野介も満足そうであった。

こうして食事を終えた二人は、おもんに見送られ、山村座の芝居小屋へ歩いて向かった。

「芝居の中身は、ただ今、お殿さまが話してくださったようなものなのでしょうか」

「そこまでは知らぬが、まあ、芝居だから先の話も面白く取り入れられているのだろう」

と、上野介は言う。

芝居小屋へ入ると、山村座の者が現れ、二階の桟敷席まで案内してくれた。これも、上野介の身分によるものだろうが、中山勘解由が事前に話を通しておいてくれたためかもしれない。

桟敷席は舞台のちょうど真ん中に面した、最もよく見える席だ。屋根があるから、陽射しが強い時でも気にしないで見ていられる。

藍之助たちが桟敷へ入った時、中山勘解由はまだ来ていなかった。

（あの方が仲蔵を捕らえてくださって、本当に助かった……）

そのことを改めて思い返し、藍之助はほっと安堵《あんど》の息を漏らした。

鶴吉としてかぶいていた頃の自分が浅はかだったことは、今ではよく分かっている。だから、鶴吉の名も過去も捨て、生きていくつもりだった。自分はもともと目立つのが好きだったが、その心を殺し、目立たぬように暮らしてきたのだ。それにもだいぶ慣れてきた今になって、あの仲蔵が自分の前にちらつき始めるとは――。

仲蔵の執念深さは実に恐ろしいものだったが、仲蔵が捕らわれて恐怖から解放されると、今度は腹立ちが込み上げてきた。

富三郎にかわいがられていた自分が、そのあとを追わなかったことは、それほど責められねばならぬことなのか。仲蔵がそこまで富三郎に忠義立てしているのなら、自分一人であとを追えばいいではないか。

自分とて生き長らえたくせに、他人に殉死を強いるとはまったく馬鹿げている。

桟敷席で藍之助がそんなことをつらつら考えているうち、中山勘解由が遅れて席に現れた。

「これは勘解由殿。今日はお招き、かたじけない」

上野介が挨拶《あいさつ》を終えた後、藍之助も中山勘解由に挨拶した。

「この度は、お力をお貸しくださり、ありがとうございました。仲蔵めを捕らえてくださいましたそうで」

藍之助は深々と頭を下げた。中山勘解由は「ふむ」と短く応じただけである。

それ以上の言葉は交わさず、藍之助は顔を上げ、再び桟敷の端の方で正座した。その時、一階の席から向けられた眼差《まなざ》しを感じた。

一階の者たちが桟敷席を見上げる姿は、藍之助からはよく見える。多くはうらやましそうな、好奇心に満ちた眼差しだ。だが、その時、肌に刺さったのはその手の眼差しではない。

もっと執念深く、思いの凝ったような、粘りつくような眼差し。それを追っていくと、藍之助の目の端に中背の痩せた男の姿がちらと映った。

（あれは……）

どこかで見たことがあるように思ったが、すぐには思い出せない。よく見ようとさらに目を凝らしたその時、柝《き》の音《おと》が鳴り始めた。

藍之助の気持ちは一瞬そがれた。もう一度見直そうとした時にはもう、二階席へ顔を向けている観客など、一人もいなくなっていた。

カーン、カン、カン、カン……。

「屈原憂悶の泡沫」の幕がいよいよ開ける。

藍之助もまた、心を残しながらも目を舞台へと向けた。

二

幕開けと共に現れたのは、玉座に座った壮麗な格好の若い男であった。藍之助の目には珍妙に見える衣服を着ているが、あれは異国の装束なのか。

玉座の男はきらきらした冠を頭に載せており、王であると分かる。おそらく、先ほど上野介が話してくれた楚の王なのだろう。

（ん？　そういや、あの王さま、どっかで見たような……）

よく見れば、かささぎの若旦那ではないか。

ただでさえ男前の見た目が、今は飾り立てられて、眩《まぶ》しいほどである。下の席の方からは「よっ、若旦那」という男の声や、「喜八さーん」という女たちの声援が上がった。

「子蘭よ」

と、若旦那ならぬ楚王が言った。

「はは、陛下」

と、臣下の男が進み出る。子蘭とは屈原と敵対していた臣下だったな、と藍之助は頭の中で確認した。

「秦の王より書状が届いたと聞く。これにて読み上げてくれ」

「かしこまりました、陛下」

子蘭が巻紙を手に舞台の中央へと進み出る。巻紙を広げ、それを読み始めた。

「偉大なる楚の国の王へ告ぐ。これより後は、両国で助け合いつつ、世の楽しみを謳歌《おうか》しようではないか。ついては、我が一族の娘を、王の妃《きさき》としてお迎えいただきたく、婚儀は我が国で執り行いたい。ゆえに、楚の王よ。秦へ足をお運び願えまいか。国を挙げて、歓迎することをお約束する」

子蘭は読み終えた後、書状を巻き戻し、それを楚王へと差し出した。

「これについていかが思うか。皆の者、考えを述べよ」

と、楚王は臣下たちを見回して言う。

「陛下、僭越《せんえつ》ながら、この屈原めに発言をお許しください」

と、その時、子蘭とは別の男が進み出て、客席の方へ顔を向けた。

何と、かささぎの弥助である。喜八の時ほどではないが、「弥助さーん」という女の声がいくつか上がった。

「秦は信用がなりませぬ」

屈原は開口一番、びしりと告げた。

「これまでも、秦はあの手、この手を使い、我が国を侵略しようとしてまいりました。この度も、陛下を秦へ呼び寄せる企みに決まっております。きっぱりとお断りになるべきでございましょう」

切れ者ふうの役柄が実によく合っている。日頃の弥助の、物に動じないがゆえに、どこか冷たくも見える様子を思い出し、藍之助は感心してしまった。

「屈原は反対か」

楚王の口から溜息《ためいき》交じりの呟《つぶや》きが漏れると、臣下たちがざわつき始めた。すると、その時、

「陛下、私は秦とは手を結ぶべきと考えます」

と、先ほどの子蘭が進み出て言った。

「陛下が秦国へ赴いておられる間、国境に大軍を待機させれば秦への牽制《けんせい》となるでしょう。

その上、婚礼の儀さえ挙げてしまえば、秦の王族の娘を人質にできるのですぞ。これほどよい話を逃すべきではございませぬ」

「さようか。子蘭は秦と同盟するべきと申すのだな」

と、喜八演じる楚王がことさら明るい声で言った。

（何だよ、この王さま。初めから、心は決まってるんじゃねえか）

だったら、臣下はそれに従えばいいだけだろうと、藍之介は思った。そして、舞台の上の臣下たちもおおむね子蘭の考えに傾いて、その場は収まりかけたのだが、

「陛下、なりませぬ。秦へ行けば、陛下の御身を危うくすることになりますぞ」

と、あの弥助の演じる屈原が必死になって止めた。だが、それを無視して、楚王は立ち上がる。

その時、藍之助の心は妙にざわめいた。なぜだろう。胸が痛む。

舞台では、子蘭が楚王に近付き、ささやくような格好で言った。

「屈原めは地方へ左遷なさるのがよろしいか、と――」

「うむ。私が秦国へ赴いている間、政《まつりごと》は子蘭よ、おぬしに任せよう」

楚王は言い置き、舞台の袖《そで》へと去っていく。続いて、子蘭が「屈原め、二度と都へ戻れぬよう、辺鄙《へんぴ》な土地へ追い払ってくれるわ」と捨てぜりふを吐き、舞台を去った。

さて、舞台の上は屈原一人だ。どうやら、弥助の見せ場となるらしい。

屈原はその場に膝をつくと、舞台の床をどんどんと激しく叩《たた》きながら慟哭《どうこく》した。

「陛下、何ゆえ、私の言葉に聞く耳を持ってくださらないのです」

屈原は顔を上げると、今度は天を仰ぎながら、自らの胸を叩いた。

「私の胸にあるのは、祖国を思う心と、陛下のご無事を願う心のみ。我が身の無事や出世を願う気持ちなど微塵《みじん》もありませぬ。それなのに、陛下はあの子蘭の言葉に惑わされ、自ら死地へと赴かれるのですか」

陛下、陛下――と、屈原は声を上げて泣いている。

まさに熱演。今度は、ふだんの弥助からは想像もつかぬ姿に、藍之介は少なからず驚かされた。客席からはすすり泣く声も聞こえてくる。そして、藍之助自身もまた、先ほど感じた胸の痛みがいっそう激しくなったのを自覚していた。悲しい。痛ましい。気の毒でならない。屈原の行動は馬鹿だ、と藍之助は思う。臣下は王の意に従っていればいいのだ。そうすれば王にかわいがってもらえるのだから。それなのに、どうして王を不快にさせることを口にするのか。王から嫌われてしまうだけであろうに。

この屈原の独擅場《どくせんじょう》をもって、一場は終わりとなった。

場面は一転、きらびやかな人々が舞台の上に現れる。小袖《こそで》に袴《はかま》のようなものを穿《は》いた女も数人いた。

「これは、楚王よ。よくぞ我が秦へお越しくださされた」

頭に冠を載せた男が、若旦那が演じる楚王を軽く抱擁する。これが秦の王なのだろう。秦王は挨拶の後、続けて一人の女を楚王に引き合わせた。

「こちらが我が一族の娘で、麗花《れいか》と申す」

「麗花でございます」

ひときわ艶やかに装った娘が、しなやかに腰をかがめて挨拶した。その途端、「鈴之助さまあ」「鈴さまあ」という女たちの金切り声のようにも聞こえる歓声があちこちから上がった。

（あれが、山村座の藤堂鈴之助か。すごい人気だな）

さすがは名女形《おやま》で、美しいだけでなく、しぐさといい立ち姿といい、まさしく女。団扇《うちわ》の柄が長くなったようなもので顔を隠す様子など、こちらがどきどきしてしまう。

あっという間に、客の眼差しは鈴之助一人に吸い寄せられていた。素の色男ぶりで喜八も弥助も舞台では光っていたが、それとは別の、役者としての力量というものがこれか。

そして、藍之助もまた、ここからは役者がどうということは忘れ、芝居の筋にすっかり引き込まれてしまった。

「麗花姫、何と麗しい方なのか」

楚王は一目で麗花に心を奪われ、彼女を片時もそばから離さなくなる。やがて、音楽や舞にうつつを抜かすようになり、次第に麗花に籠絡《ろうらく》されていった。ある時、麗花の膝枕で

楚王が横になっていると、

「陛下はお国に、大勢のお妃さまをお持ちでいらっしゃるのでしょうね」

と、麗花が悲しげな様子で尋ねた。楚王は麗花の手を握り、

「今の私が愛しく思うのはそなただけ。他の女はすべて後宮から追い出すことにしよう」

と、熱い口ぶりで言う。

「そんなことをなされば、わたくしは楚の国の方々から恨まれてしまいますわ」

麗花は袖口をそっと目に当てる。楚王は起き上がり、麗花の体を抱き締めた。

「では、いかがすればよい。どうすれば、私の真心を信じてもらえるのだ」

「でしたら、陛下。もう楚の国へは帰らないでくださいませ」

「何だと」

楚王は夢から覚めたような声を出した。

「ここにいてくださる限り、陛下はわたくしだけのもの。ここでこれまで通り、二人で楽しく暮らしてまいりましょうよ」

「されど、私は楚の王だ。楚の民を守る責務がある」

「それはもう、陛下がご心配なさることではありませんわ」

と、麗花は言い、そっと立ち上がった。

楚王を見下ろす麗花は、恐ろしいまでに美しく、震えがくるほどに冷酷だった。

「楚は秦に隷属すればよいのです。楚の民は秦王がお守りくださるでしょう」

「麗花、そなた、私を騙《だま》したのか。私を慕っておると申したのは偽りか」

麗花に向かって、楚王は激しく問うた。

「偽り？　いいえ」

麗花は落ち着いた声で言葉を返す。

「わたくしは心より陛下をお慕いしておりますとも」

「ならば、何ゆえ私を苦しめる。初めから、私を秦に留めるつもりだったのか」

「はい。その通りでございます」

麗花は大きくうなずいた。

「お美しい陛下、一目見て、わたくしだけのものにしたいと思いましたわ。秦にいてくださる限り、陛下はわたくしだけのもの。もう他の誰にも渡しはいたしませぬ」

麗花は艶やかな笑い声を上げて、楚王の前から去っていく。

楚王はその場に頽《くずお》れ、かつての屈原のように床を叩いて、激しく悔やんだ。

「ああ、屈原よ。私は間違っていた。そなただけが私に正しいことを言ってくれていたというのに……」

屈原、屈原よ――と、楚王はくり返し忠臣の名を口にする。しかし、その声はもう屈原に届くことはなかった。

こうして、秦を舞台とした二場は終わる。

再び場面は楚の宮廷へ。王が不在となった楚の国では、新たな王が立てられ、子蘭がその新王に仕えている。

子蘭はひそかに脅えていた。

「屈原の言ったことが正しかった。私は屈原に殺される。そうだ、屈原をこのままにしていてよいはずがない。殺される前に殺してしまわなければ――」

心を病んだようにも見える子蘭は、新しい楚王には知らせず、ひそかに屈原を殺せという命令を下す。その命を受けた刺客が立ち去った後、子蘭は新しい楚王の御前に呼び出された。

「おぬしはこの先も宮廷に残って、私に仕えていくつもりか」

と、新楚王が問う。その問いの意図が分からぬという風情で、

「無論、その心づもりでおりますが」

と、子蘭は答えた。すると、新楚王は突然激怒する。

「おぬしは前王の身を破滅させながら、己一人無事に生き長らえられると思ってか。前王は敵国で自害して果てた。おぬしはただちに殉死すべきであろう」

新楚王の合図が下され、子蘭は臣下たちに捕らえられてしまう。

「今すぐ前王のあとを追うがよい」

新楚王の命令により、子蘭は舞台の袖へ引きずられていった。「どうか、お許しください」と必死に叫ぶその声が最後まで客席に響き渡る。しかし、やがてその声が途絶え、子蘭が殺されたことが伝わってきた。

再び場面は変わり、楚の田舎の風景となる。若葉が茂り、鳥の鳴き声が聞こえ、初夏のようであった。

そこでは、うらぶれた姿の屈原が一人で釣りをしていた。

「前王に仕えた屈原だな」

と、一人の男が声をかけてくる。それは、子蘭が死ぬ直前に送り出した刺客であった。

屈原は少しも慌てない。

「私を殺しに来たのだな」

落ち着いた声で言った屈原は「陛下がお亡くなりになられたか」と呟く。

「この腐った世にもはや未練はなし」

そう言うなり、川へ身を躍らせた。舞台上では、黒装束の男たちが屈原の上に白い布をかぶせる。屈原は布に包まれた格好で舞台の袖へ下げられ、屈原の死を見届けた刺客も立ち去った。

その後、近くの農民らしい男女が現れ、「屈原さまあ」とその死を悼《いた》み始めた。

「このままでは、屈原さまの亡骸が魚の餌食にされてしまう」

と、嘆き悲しむ農民たちは、せめてそれだけは防いで差し上げたいと、それぞれ持ち寄ったもち米を、魚の餌として川へ投げ入れる相談をする。彼らは手にしたもち米――草の葉で包まれたちまきと見えるものを、客席へ向かって投げ始めた。

「わあ――」

と、大きな声を上げたのは、一階席の観客たちである。

皆が両手を差し上げ、舞台から放られるちまきを取ろうと大はしゃぎしている。桟敷席までちまきが飛んでくることはないが、見ていて楽しい演出だった。

この大掛かりなちまき撒《ま》きをもって、「屈原憂悶の泡沫」の芝居は幕引きとなった。

三

幕が下りてから、藍之助は一階の席に目を凝らした。芝居が始まる前、自分に粘りつくような目を向けていた男がまだいるのではないか。そう思ったが、見つけることはできなかった。

中山勘解由は芝居が終わるとすぐに立ち去ったが、上野介は「もう一度、あの茶屋へ寄っていこう」と言い出した。

聞けば、中山勘解由とかささぎで再び落ち合う約束をしているという。藍之助は黙って従った。

「ところで、勘解由殿に聞いたが、今の芝居で楚王と屈原を演じていたのは、かささぎの男たちだったそうではないか」

茶屋へ向かう途中、上野介が訊いてきた。

「へえ。まったく驚きました。役者をやってるなんて話は、まったく聞いていませんでしたので」

「そうか。これも勘解由殿から聞いた話だが、例の茶屋にいたおもんという女将、藤堂鈴之助の連れ合いなのだそうな」

「えっ、あの女将さんが鈴之助の――？」

さすがに驚いた。

ほんの少し切なくなったが、そう言われれば、人気役者の連れ合いと言われても納得できる貫禄があったように思う。鈴之助の素の顔は知らないが、女に化けてあれだけきれいなのだ。きっと美男美女の夫婦なのだろう。

そんなことを思いながら、藍之助は再びかささぎの暖簾をくぐった。

「あら、またお越しくださって、おありがとうございます」

おもんが笑顔で出迎えてくれた。

「連れが参るので、それまで茶を頼む」

上野介が注文し、それから中山勘解由が来るまでの時をつぶすことになる。

ところが、藍之助たちが入った時には先客が幾人かいたものの、その後、新たな客が入ってこない。芝居帰りの人がそれなりにいたはずだが、どうして客がまったく入ってこないのだろう。

おもんはそれを気にしているふうもなく、新たな客の呼び込みをするわけでもない。やがて、店の中にいた客は一組、二組と去っていき、やがて上野介と藍之助の二人だけになってしまった。それでも、中山勘解由はまだやってこない。

「今日の芝居だが、お前はどんなことを思った」

他の客がいなくなった時、不意に上野介が尋ねてきた。

「思っていたよりずっと面白いものでございました。最後にちまきが投げられたのにも驚きましたし」

「筋書きについてはどう思った」

「それは……」

どう答えたものかと迷いつつも、

「屈原が楚王に分かってもらえず嘆く場面と、楚王が破滅を悟って嘆く場面に、胸を打たれました」

と、藍之助は正直に答えた。

「なるほどな。あれはいずれも、今日の芝居の見せ場であったろう。私も二人を愚か者と思う一方で、心を動かされたのは確かだ」

と、上野介は続ける。

藍之助も確かにあの舞台の途中で、屈原のことを馬鹿だと思った。楚王に嫌われると分かっていながら、王を諫《いさ》めた直後のことだ。だが、あの芝居を最後まで見て、本当に馬鹿なのは子蘭だと思うに至ったし、逆に屈原を馬鹿だと思う気持ちは失せてしまった。だから、上野介が楚王はともかく、屈原を愚かと言い切ったことを不思議に思った。

「ところで、あの芝居では主君の死に殉じるかどうか、ということが出てきたな」

上野介が表情を改めて切り出した。やはり、その話になるのかと、藍之助は気を引き締める。

「……はい」

「つい先頃、かつてお前が仕えていた家の旗本奴《はたもとやっこ》の話を聞いたばかりだ。その連中の間では、主人に事あらば命を懸ける、主人が死ねば殉じて死す――それが正義とされていたのであったな」

「おっしゃる通りです」

藍之助はうなずいた。

「時代も違い、国も違えど、今日の芝居に出てきた人々もまた、同じような考えを正義としていた。それに抗《あらが》おうとする子蘭のような男もいれば、それを許すまじとする新楚王もいる。また、刺客に追い詰められた末とはいえ、屈原の入水《じゅすい》も前の楚王に殉じたように、私には見えた」

「そうだったのかも……しれません」

屈原が死んだのは、刺客の手にかかりたくないからだろうと、藍之助は思っていた。だが、前楚王に殉じたのだと言われれば、そう見えなくもない。

「お前は誰にいちばん心を動かされた？　いや、お前自身はあの中の誰にいちばん似ていると思うたか」

「あっしが……ですか」

思いがけない問いかけに困惑する。

いや、本当はこんなふうに訊かれることを、心のどこかで予期していたかもしれない。なぜなら、前の楚王は富三郎に、屈原は仲蔵に見えたから。そして、鶴吉だった自分を重ねることは心が拒絶していたが……。

「あっしは……子蘭ですね」

藍之助は心を決めて言った。

あの芝居で子蘭は悪役だった。あれを見て、子蘭に心を寄せる人も、子蘭を気の毒だと思う人もいないだろう。殺されて当たり前、ざまを見ろ、自業自得だ――多くの客はそう思ったのではないか。実際、藍之助もそうだったのだ。

だから、認めたくなかった。かつての鶴吉が子蘭によく似ていたとは――。

「子蘭は新しい王さまの命令でつかまって、殺されちまいましたけど、あっしはまんまと逃げ延びた……。あっしは子蘭よりも狡《ずる》い男でした」

こんなことを口にする気はまったくなかったというのに、藍之助の口は勝手に動いていた。上野介から顔を見られるのも恥ずかしく、いつしかうつむいてしまった。

「子蘭もまた愚かな男だ」

ややあってから、上野介が静かに告げた。

「っていうより、子蘭があの中でいちばん愚かな奴ですよね」

「それは分からぬ」

やはり冷静な口調で、上野介は言った。どういうことかと、藍之助は思わず顔を上げる。上野介の表情はいつもと同じように穏やかだった。その目の中に、藍之助を侮る色も忌避する色も浮かんではいない。

「秦の企みを見抜けなかった点で、子蘭は屈原より愚かと言えよう。だが、二人は楚王の臣下にすぎず、最後に決定するのは楚王だ。ゆえに、楚王は誰よりも賢く慎重であらねばならない。されど、あの楚王は愚か者で、誰が正しく、誰が間違っているのか、見抜く目を持たなかった。私の見たところ、子蘭はただ主君の考えを読むのに長《た》けているだけの男だ。ゆえに、秦と同盟を結びたがっている楚王の意に沿うことを言ったのだろう。一方、屈原もまた王の心を見抜いていた。子蘭と違っていたのは、王が嫌がると分かっていてなお、自ら正しいと思うことを申した点だ」

上野介の説く言葉を聞いていると、あの芝居の数々の場面が流れるように浮かんでくる。そして、そこに新たな光が当てられ、より深く理解できるような気がしてきた。

また、上野介の解説を聞けば聞くほど、楚王は富三郎に、屈原は仲蔵に、そして子蘭は自分に思えてきてならなかった。

「だから、子蘭は愚か者だが、楚王の方がもっと愚かと言うことができよう。ここまで狡い男は楚の宮廷にはいない。狡いのはあくまで楚を騙そうとした秦王なのだからな」

上野介の解説は続いた。

「その後、楚王が秦に捕らわれ、命を絶つと、子蘭は殉死して当たり前と見なされ、無理やりあとを追わされた。子蘭は自分一人生き延びようとした狡い男に見えるが、そうではないと私は思う。まあ、屈原に刺客を放ったのはどうかと思うが、それは別として、前王に殉じる必要など子蘭にはあるまい。むしろ、前王を喪《うしな》い、迷走しつつある楚の宮廷を見捨てず、新しい王を支えようとした立派な忠臣だ。まことに狡い男であれば、前王が死んだ時点で、楚の宮廷から逃げ出していたはず」

上野介の言葉がぐさっと胸に刺さってきた。

富三郎が死ぬなり、佐山家を逃げ出したことを非難されているのだと思った。そして、それは事実だ。自分でも狡く汚い行為だと思っている。

「子蘭に死を命じた新楚王こそ愚かの極みだ。私ならば、子蘭には投獄なり流刑なりの罰を与えて反省させ、しかるべき時を置いた後、宮廷へ呼び戻す。また、屈原をすぐに宮廷へ呼び戻して復職させる。それをしなかった新楚王はあの中で誰よりも愚か者と、私には見えたぞ」

「では、屈原だけがあの中で賢い男だったということですね」

藍之助は震える声で尋ねた。

そうだった。今やっと分かった。仲蔵だけが賢い男だったのだ。その賢い男の言葉を聞かず、仲蔵を遠ざけたのが富三郎で、その富三郎の意に従って仲蔵を足蹴にしたのが鶴吉だった。

そういう自分たちの愚かさが仲蔵を追い詰めたのだ。だが、

「屈原にも愚かなところはある」

と、上野介ははっきり言った。そういえば、初めに上野介はそう言っていたと、藍之助は思い出した。

「お殿さまは屈原が前の楚王に殉じたように見えたとおっしゃいました。そこが愚かだということですか」

藍之助は自分の方から問うた。上野介は大きくうなずいた。

「さよう。主君に殉じて死ぬのは美しい行為と見られがちだ。だが、屈原が死んで、よくなることなど一つもない。楚の国にとって、あの時、最も必要なのは聡明な臣下であり、屈原は自分がそれと分かっていたはずだ。しかし、前王に斥《しりぞ》けられた後は、国を憂えるばかりで何一つ行動を起こさなかった。挙句は刺客に抵抗もせず、自ら命を絶った。屈原があの場でするべきは、何としても生き延び、宮廷へ戻って新王を支えることであろう。屈原ほどの男であれば、刺客が来る前に身を隠すこととてできたはずだ。それをせず、徒《いたずら》に時を費やした挙句、命を絶つなど、まったくもって馬鹿馬鹿しい」

最後は怒りのこもった様子で、上野介は言った。

上野介の目から見れば、先ほどの芝居の面々は皆そろって愚か者というようであった。そうきっぱり言い切られると、いっそすがすがしい気分になる。

上野介を主人として幸いだったと思えるのは、こういう時だ。富三郎のことは好きだったが、今になってみれば、自分と同じように愚かで弱い人だったと思う。だから、気も合ったが、仮に貞享《じょうきょう》の大弾圧がなかったとしても、自分たちだけでは遅かれ早かれ身の破滅を招いていたのではないか。富三郎に必要なのは、仲蔵のように賢く、主人にも直言できる男だ。富三郎も初めはそれが分かっていたから、仲蔵をそばに置いていたはずだったのに……。

そして、自分にとって必要なのは愚かで弱い主人ではなく、上野介のように聡明で強い主人だ。

上野介は何より藍之助の愚かさを分かってくれている。その上で放置はせず、知恵を与え、正しく導いてくれる。その期待にはまだ十分応えられていなかったが、上野介の親切は素直にありがたかった。

自分も享楽を求めず、知恵と教養を身につけていけば、少しはまともな人間になれるのではないか。今の藍之助はそう考え始めている。

だから、このまま上野介を主人として、少しでもその意に適《かな》うよう努めていきたい。目立つことが何より好きで、主人の威を借りて粋《いき》がっていた愚かな鶴吉はもういないのだ。時にはそういう昔の自分がひょいと首をもたげることはあるが、何とか克服して生きていく。

だからもう、自分にはかまってくれるな。仲蔵もそれ以外の奴も――。

自分を恨んでいるのは仲蔵一人だったのだろうか。ふとそう思った時、肝が冷えた。仲蔵には仲間はいなかったのか。元はやぶさ組の面々が今も仲蔵のもとに集まり、ひそかに自分の殺害を図っていたとすれば、仲蔵一人が捕らわれたことで、終わりにはならない。

もしかしたら、仲蔵に代わり、他の者が自分を狙ってくるのではないか。

藍之助の心に再び恐怖がよみがえった。同時に、芝居が始まる前、自分へと向けられていた鋭い眼差しを思い出した。はっきりと見たわけではなかったが、あれは――。

「いかがしたか。顔色がよくないように見えるぞ」

上野介から問われた。

「……いえ」

早く帰りたいと言い出せるはずがなかった。だが、

「中山さまがお越しになるのはまだ先になるのでしょうか」

と、急《せ》く気持ちから問うてしまった。

「さて。少しばかり待っていてくれと言われたのだが……」

上野介がそう答えた時、表の戸が開く音がした。中山勘解由が来てくれたかと、振り返った藍之助の目に飛び込んできたのは、先ほど舞台に出ていた喜八と弥助の姿であった。

四

喜八が店へ入っていくと、さっそくおもんが奥から出てきた。

「お疲れさまだったね。芝居はうまくいったのかい？」

「いや、それは聞かないでくれよ。叔父さんの演技は、何か鬼気迫ってる感じだったけどさ」

と、喜八は応じた。

それから、店の中にただ一組だけいる客に目を向ける。藍之助はすでに知る顔だが、その前に座る品のよい侍は初めて見る相手であった。

「どうも初めまして。喜八と申します」

自ら名乗った後、弥助を引き合わせた。

「うむ。私は藍之助の主人で吉良上野介と申す。この店のことは藍之助からも聞いたが、それよりは中山勘解由殿の方が熱弁であった」

と、藍之助の主人が言った。

「おぬしらは先ほどの芝居に出ていた役者たちだな」

「いえ、役者じゃなくて、その見習いのようなもんです」

本当は見習いでもないが、それ以上の説明は面倒なので、喜八はそう言っておくことにした。

「女将の甥というのは、おぬしか」

と、上野介の目が喜八一人に向けられる。

「はい。そうですが」

「ならば、あの藤堂鈴之助には甥に当たるということか」

「義理なので、血のつながりはありませんが」

「さようか。その見た目、鈴之助の血筋かと思うたが、そうではないのか」

「そうではありません」

と、ここはきっぱり言っておく。鬼勘と意気投合でもして、役者になったらいいなどと言われてはたまったものではない。

だが、上野介は喜八の役者としての素質についてはどうこう述べず、

「この藍之助は、おぬしら二人が床を叩いて激しく嘆く場面に、胸を打たれたと申していた。私もあそこが見せ場と思うた」

と、続けた。

「そうですか。お言葉、ありがたく頂戴いたします」

本物の役者なら、役者冥利《みょうり》に尽きるとでも言えるだろうが、これ以上のことは言えない。そもそも、あの芝居は藍之助や上野介に感動してもらうためのものではない。

「ただ、あれは偽の芝居ですので、何だか申し訳ないですね」

喜八が続けて言うと、「偽の芝居？」と藍之助が裏返った声を出した。上野介の方はまったく動じていない。こちらは、鬼勘から事情を伝えられているのだろう。

「どういうことですか」

藍之助から詰め寄られ、喜八は山村座の本当の千穐楽は昨日だったと告げた。

「山村座で正式にかけられていた芝居は『屈原』といいました。今日は『屈原憂悶の泡

沫』といったでしょう。あれは、今日限りの、いわば見習いの稽古のお披露目みたいなものなんですよ」

「はあ、それにしては藤堂鈴之助が出ていたようですが」

「あれはまあ、俺の叔父さんということで、お願いして出てもらったようなわけで」

お願いしたのは、狂言作者の東儀左衛門だが、そのこともややこしくなるので適当にごまかしておいた。

「ところで、藍之助さんはあの芝居をどう思いましたか」

喜八が続けて問うと、藍之助ははっとした表情を浮かべ、それから上野介の方を見た。

「少し前に、同じことをお殿さまからも訊かれました」

と、藍之助は素直に答える。

「そうでしたか。それで、藍之助さんは何と――」

「あの芝居に出てきた子蘭があっし自身のようだと申し上げました。それから、これはお殿さまには申し上げていないことですが、若旦那の演《や》ってらした楚王は、かつてあっしのお仕えしていた富三郎さまに、弥助さんの演ってらした屈原は……仲蔵に見えました」

藍之助はうなだれている。

「仲蔵さんが見つかったことはご存じなんですよね」

「へえ」

「それなら、もうお聞きになっていたかもしれませんが、仲蔵さんはうちの店のお客さんでもあったんです。近頃はお見えになっていませんでしたが」

「そのことも聞きました。仲蔵は人探しの寅次郎って男に、俺の居場所を探らせていたんでしょう。寅次郎が見つかったから、もうこの店へ来る必要もなくなって、足が遠のいていたって」

「俺もそういうふうに考えていたんですけど……」

喜八はそれだけ言って言葉を止め、「くわしいことは後からお見えになる中山さまにお聞きください」と続けた。

「仲蔵がつかまったと聞いて安心してたんですが、さっき芝居小屋であっしをじっと見てくる男がいましてね。姿ははっきり見ませんでしたが、あっしを狙っている目つきでした。それで気づいたんですよ。仲蔵がつかまって終わり、とは限らねえんだと――。仲蔵に仲間はいなかったんですかね。元はやぶさ組で逃げ延びた連中は何人もいる。そいつらが仲蔵のもとに集まって、あっしを始末しようと――」

いつしか前のめりになっている藍之助に、喜八は「落ち着いてください」と穏やかに告げた。

「ここには藍之助さんを狙う奴なんていませんよ。仮にここへ現れたって、もうすぐ中山さまがお見えになるんですから、安心してください。それより、仲蔵さんが本当に藍之助さんを殺そうとしていたと思いますか」

　喜八が問いかけると、藍之助は思いがけないことを聞いたという表情で、目を瞬《しばた》いた。

「えっ、でも、だから仲蔵は中山さまに捕らわれたんですよね。人探しの寅次郎に、俺を見つけてくれって依頼していたんでしょ」

「ですが、よく考えてください。藍之助さんは人につけられている気がするとおっしゃっていましたが、それはここ最近のことですよね。火付けをするという脅し文《ぶみ》が届いたのは、端午《たんご》の節句の直前のはずです。中山さまがそのお話を聞かされたのが節句当日ですから」

「さよう。私が藍之助に打ち明けられたのが四月の末日であった。その時、藍之助は二日前にこれが届いたと言っておった」

　と、上野介が言葉を添える。

「でも、おかしいんですよ。仲蔵さんがうちへ来て、寅次郎さんに仕事を頼みたいと言っていたのは、四月も残すところあと五日という時でした。その翌日、寅次郎さんが見つかって、仲蔵さんのことを話したんです」

「だったら、その後すぐ仲蔵と寅次郎が接近して、寅次郎があっしの居場所を見つけ出し、仲蔵に知らせたんでしょうよ」

「それだと、藍之助さんのもとへ脅し文が届くまで、ほぼ一日しかないんですよ。いくら寅次郎さんが凄腕《すごうで》の探し屋でも、たった一日で藍之助さんを見つけ出したなんて、妙な話だと思いませんか」

「そんなことをあっしに訊かれても分かりませんよ。寅次郎ってのは凄腕なんでしょ。人並み外れた力を持っているんじゃありませんかね」

「それにしたって無理でしょう。藍之助さんは名前も変えていますし、そもそもふつうの町人が出入りできない旗本家の屋敷地の中でお暮らしなんですよ」

「論ずるまでもない。無理に決まっておる」

と、その時、上野介が喜八を援護した。藍之助も上野介には抗弁しようとしない。

「それにね、藍之助さん。あなたはさっき、屈原が仲蔵さんに見えたと言いましたよね」

「ああ、言いましたよ。それが何か」

「藍之助さんの理屈でいくと、屈原は子蘭を恨んでいたことになります。でも、あの舞台で見た屈原が子蘭を殺そうなんて考えると思いますか」

藍之助はうつむいたまま無言であった。

「それはあるまい。子蘭は屈原に殺されると勝手に脅えていたが、屈原の方にそういう考えはなかった。あの芝居を見ていれば、それは十分に伝わってくる」

藍之助に代わって、上野介が言った。

「ここには屈原を演《や》った弥助もいます。屈原の気持ちはよく分かっているでしょうから、訊いてみませんか」

喜八はそれまで黙っていた弥助を引き寄せた。

「屈原はどんなに理不尽な目に遭わされても、それで誰かを恨んだり、報復したりしようと考える男じゃない。少なくとも、俺はそう思って演じていました」

弥助ははっきりと言った。

「そうかもしれません。けど、屈原は楚王に殉じて死にましたよね。なら、殉死しようとしない子蘭を疎ましく思っていたことはあり得るでしょう」

「それもないと、俺は思います。屈原は国と主君のことだけで頭がいっぱいの人なんですよ。だから、楚王が子蘭の発言を聞き容れたことを嘆きはしても、子蘭を恨んだりはしない。楚王が亡くなって、自分の死を考えることはあっても、他の人のことまで考えたりしませんよ。屈原にとってそれは些末《さまつ》なことに過ぎませんから」

弥助が語り終えるのを待ち、喜八は「どうですか、藍之助さん」と尋ねかけた。

「仲蔵さんが本当に屈原のような人なら、藍之助さん、いや、鶴吉さんを殺そうと考えたりするでしょうか」

喜八の問いに対し、藍之助は無言を通した。だが、ややあってから、「……いえ」と掠《かす》れた声で言った。

「仲蔵は……かぶいてましたし、無茶もやった。けど、いつもどこか冷静に物事を見ている男だったんです。富三郎さまやあっしらが調子に乗って、危ない橋を渡っちまおうとしても、それを止めてくれるような……」

「そういう人なら、今さら藍之助さんを殺したって何にもならないこと、冷静に悟りそうなもんじゃありませんか」

喜八の言葉に、藍之助は小さくうなずいたが、すぐに顔色を変えると、

「でも、仲蔵はつかまったんですよね。それって、あっしを狙っていたことを認めたからじゃないんですか」

と、早口で訊き返した。

「そのことは、もう少ししたら明らかになります。それより、藍之助さんに会ってほしい人がいるんです」

喜八は言った。

「会ってほしい人？」

「人探しの寅次郎さんですよ。噂《うわさ》に聞くばかりで、藍之助さんはご本人の顔は知らないんですよね」

「確かにそうですけど、あっちはあっしの顔を知っているんじゃ……」

「まあ、会ってみれば分かるでしょう」

喜八は弥助に目配せした。

弥助はすぐに店の戸を開け、そこで待っていた者たちを中へと入れる。現れたのは、百

助と寅次郎の二人であった。

五

「ははは っ」

と、寅次郎が乾いた笑い声を発した。

その顔に愛想のよい笑みは浮かんでいない。

「今日はかささぎへ伺う約束の日でしたが、その前に山村座へ行こうと百助さんから誘われたんですよ。妙だなと思いましたけど、若旦那たちが芝居に出てるんじゃしょうがない。芝居の後は、若旦那たちの体が空くまで、少し暇つぶしに付き合ってほしいと言われました。まあ、百助さんのことだから、何かあると思ってましたが、こういうことでしたか」

寅次郎はじっと藍之助を見据えていた。藍之助も寅次郎を見つめているのだが、こちらはただ目をそらすことができないといったふうに見える。

「でもね、別にさほど驚きゃしませんよ。こういうこともあろうかと、用意は怠りませんでしたからね」

寅次郎の右手が懐の中へ差し込まれた。喜八は「百助さんっ！」と声を上げるなり、一瞬の躊躇《ちゅうちょ》もなく寅次郎の前に飛び出した。

喜八とほぼ同時に寅次郎も前へ踏み出し、傍らの百助がその腕をすかさずつかむ。三人はもつれ合ってその場に倒れ込んだ。

喜八はすぐに跳ね起き、寅次郎の上に馬乗りになる。

寅次郎は右手を振り上げようとしたが、その手首をすかさず踏みつけたのは弥助の足であった。

「ちくしょうっ！」

寅次郎の口から、これまで聞いたことのない乱暴な言葉が漏れた。寅次郎の手から匕首《あいくち》が離れた隙を逃さず、弥助がもう一方の足で、それを蹴り飛ばす。

その時、藍之助がふらふらと立ち上がり、喜八たちの方へ寄ってきた。

「……竹寅《たけとら》」

と、その口から思いがけない言葉が漏れる。

「俺を殺そうとしてたのは、お前だったのか」

藍之助は茫然《ぼうぜん》とした様子であった。

寅次郎は忌々《いまいま》しげに唾《つば》を吐き捨て、藍之助を睨《にら》み上げている。

「邪魔するぞ」

その時、表の戸が声と共に開けられた。鬼勘が配下の侍たちを従え、すかさず中へ乗り込んでくる。

「捕らえよ」

鬼勘の号令のもと、配下の者たちが寅次郎の肩と足とを押さえにかかる。それを機に、喜八は寅次郎から離れ、立ち上がった。

「若、怪我はありませんか」

土埃《つちぼこり》を払っていると、弥助が近付いて問うてきた。

「ああ、大事ねえよ。お前が匕首を封じてくれたんで助かった」

「いえ、俺の方こそ、体を張っていかなきゃならないところ、申し訳ありません」

弥助は深々と頭を下げた。

「まったくだ。倅《せがれ》の不始末、俺からも詫《わ》びさせてもらいます」

と、百助までもその場で頭を下げるので、喜八は閉口した。

「俺は何ともないから、気にしないでくれ。それより」

喜八は、鬼勘たちの後から店へ入ってきた男に目を向けた。その場に立っているのは仲蔵であった。

目の前の事態に茫然としていた藍之助もそのことに気づき、

「仲蔵……」

と、驚きの声を上げた。

「お前、つかまったんじゃ……」

仲蔵は鬼勘と一緒であったが、捕縛《ほばく》されてはいなかった。

「仲蔵と竹寅、これはいったいどういうことなんだ」

何がどうなっているのか、まるで分からないという様子の藍之助に、

「吉良家中間、藍之助」

と、呼びかけたのは鬼勘であった。

「元の名は鶴吉であったな。おぬしも共に来てもらう。その理由はよう分かっていような」

鬼勘から厳しい声で言われると、藍之助はびくっと身を震わせた後、観念した様子でうなだれた。

「……かしこまりました」

「おぬしには自ら脅し文を作り、我々の目を欺いた嫌疑がかかっておる。脅し文の中身は火付け。脅しただけでも死罪に値する重罪じゃ。されど、その目当ては脅しではなく、己を狙う輩《やから》を捕まえさせようとの狙いであろう。これから行われるお調べでは、隠し立てせずすべてを正直に打ち明けることだ」

鬼勘の忠告にも、藍之助は「かしこまりました」と返事をした。

「ただ、その前にお願いがございます。あっしには目の前のことがどうなっているのか、まるで分かりません。あっしにも分かるようにお教え願えませんか。どうして仲蔵がここ

にいるのかも……」

藍之助の必死の訴えに、鬼勘は「ふむ」とうなずいた。

「まあ、そのくらいは上野介殿に免じて話してやろう。もう分かっていようが、おぬしが富三郎に殉じなかったことで逆恨みしたのは、この寅次郎こと竹寅よ。竹寅はおぬしらと同じく、はやぶさ組の面子《めんつ》であったそうな。当時はまだ若くて幹部でもなかったが、富三郎にかわいがられていたそうではないか」

それゆえに、竹寅が富三郎を慕う気持ちは激しいものであった。仲蔵や鶴吉とて富三郎への忠義を立ててはいたが、若い竹寅のそれは度を超していたのである。

だが、そのことは旗本奴の中にあっては、さほど目につきはしなかった。

そうするうち、仲蔵は富三郎へ諫言《かんげん》したことで疎んじられ、片や鶴吉は富三郎に誰よりも目をかけられた。竹寅の目に、そんな鶴吉の姿は憧れと嫉妬の双方を抱かせるものだったのだろう。

ところが、貞享の大弾圧によって事態は一変する。

富三郎は亡くなり、仲蔵と鶴吉、竹寅の三名はいずれも捕らわれることなく、逃げ延びることになった。

「ここからは推測だが、竹寅は富三郎のあとを追って死のうとするも、思いとどまったのだろう。理由は、自分より先に殉死してしかるべき鶴吉が生き延びていたためだ。竹寅は一転、鶴吉を見つけ出して殺《あや》めた上で、自分も富三郎のあとを追うと決めたのではないか。人探し屋の寅次郎となり、人探しの依頼をこなすことで顔や人脈を広げていった。すべては鶴吉一人を探し出すため。ところが、その本来の企みに感づいた者がいた」

そこまで語って、鬼勘は共に連れてきた仲蔵に目を向けた。

「これより先は、仲蔵、おぬしの言葉で聞かせてやるがよい」

「へえ、分かりました」

仲蔵は静かに応じると、藍之助の方へ一歩進み出た。

「鶴吉、まずはお前が無事でよかった」

仲蔵はしみじみした声で初めに告げた。

「仲蔵、俺はお前が俺を狙っているとばかり……」

仲蔵はいいんだというように、首を横に振る。

「俺も、初めから人探しの寅次郎を気にかけていたわけじゃない。ただ、後ろ暗い事情の持ち主が寅次郎を使って相手を見つけ出し、仇討《あだう》ちまがいのことをしていると物騒な話を聞いたものでね。ちと気になり始めた。もしや、元はやぶさ組の仲間たちが危ない目に遭ってやしないか、とな。それで人探しの寅次郎に近付こうとしたんだが、どうしてもつかまらない。そのうち竹寅のことを思い出して、はっとなった。名前も似ているしな」

「さすがは仲蔵だな。俺は寅次郎と聞いても、竹寅のことなど思い出さなかった。自分がそこまで恨まれていたことに気づきもせず」

藍之助は情けない声で言い、溜息を漏らした。ここで「続きは私が話そう」と鬼勘が再び口を開く。

「仲蔵がそうして寅次郎を探している間、藍之助、おぬしはおぬしで仲蔵から狙われていると脅えていた。外出《そとで》の折、知らぬうちに折鶴を袂《たもと》に入れられていたと言ったな。それはこの竹寅のしわざだろう。ただし、おぬしは、仲蔵が人探し屋を雇ってやったと思い込んだわけだ。そして、仲蔵に殺される前に、我々に仲蔵をつかまえさせようと考えた。そこで、あの火付け云々《うんぬん》の脅し文を自分で書き、こんなものが届いたと上野介殿に助けを求めたというわけだな」

「……へえ、間違いありません」

藍之助は力の抜けた声で認めた。

「竹寅は竹寅で、おぬしを探し当てたわけだが、実に何年にもわたる大仕事だった。鶴吉は名前を変えている上、旗本屋敷の中にいては見つけようもなかったのだろう。ところが、仕事も大詰めとなったところで、仲蔵の影がちらつき出した。竹寅は仲蔵の居所はすぐに探し当てたものの、どうやら自分の正体に気づかれたらしいと悟る。焦った竹寅は、自分から仲蔵の前に姿を現し、危ないことなど考えていないと言って仲蔵を油断させた。その裏では、いよいよ標的の鶴吉に迫ろうとしていたわけだ」

「皆して、この俺を罠《わな》に嵌《は》めたというわけか。鶴吉に仲蔵、てめえらは富三郎さまの怒りが怖くねえのか。今に見ていやがれ。このまま済むと思うなよ」

竹寅が歯を剝いて、かつての仲間に呪詛《じゅそ》の言葉を吐いた。

「おぬしの言い分はこれからじっくりと聞いてやるが、おそらくは自分の調えた舞台で鶴吉と再会し、隙を衝いて殺《あや》めるつもりだったのだろう。ところが、突然の再会となったため、おぬしはここで鶴吉を襲わねばならなくなった。これを逃せば、鶴吉に用心されてしまうからな」

「おのれ、おのれ、おのれ！」

竹寅は鬼勘の配下によって縄目にされ、土間に正座させられていたが、暴れ出したため、再び侍たちによって押さえつけられている。

「ちとよろしいか」

その時、進み出たのは上野介であった。

「私はおぬしの言う鶴吉——今は藍之助と名を変えている者の主《あるじ》だ」

上野介は竹寅に目を据えて告げた。

「藍之助には偽りの脅し文を拵《こしら》えた罪がある。それは法のもとで裁かれ償わねばならぬ。されど、竹寅と申したな、おぬしには一言申しておきたい」

竹寅は上野介をじっと見返したが、言葉は返さなかった。

「おぬしが藍之助をうらやもうが、憎もうが、とやかく言うつもりはない。されど、藍之助は殉死してしかるべき、との考えは間違っておる」

「どうしてです」

竹寅が、寅次郎と名乗っていた頃には見せたこともない暗い眼差しを、上野介に向けた。

「お頭《かしら》が亡くなったら、手下はお供するのが当たり前でしょう。まして、いちばんかわいがられていた野郎がのうのうと生き延びているなんて許されるはずがねえ」

竹寅の凶悪な顔が藍之助の方へと向けられた。

「それは違う」

上野介はきっぱり言った。竹寅の眼差しが上野介の方へと戻される。

「おぬしは忠義をはき違えておる。戦場では主君の命を守るため、己の命を差し出すこともあるだろう。しかし、ただ主君に殉じて命を捨てるのは、天の与えた命を無駄にすることだ」

「ちが……う。生き延びることこそ命を無駄にすることなんだ。富三郎さまのために使わないなら、俺たちの命など何の値打ちも……」

「殉死は、主のために命を使うことなどではない。今の世ではすでに禁じられておる。それだけ野蛮な風習だからだ。まことに配下を思う主であれば、生き延びよと言うであろう」

「……富三郎さまは手下を大事にしてくださった。けど、生き延びよなんておっしゃるはずが……ねえ」

竹寅は低い声で言ったが、最後の方は聞き取りにくいほど掠れていた。

「もう参るぞ」

鬼勘が竹寅と藍之助に声をかけると、配下の侍が竹寅を立ち上がらせ、藍之助の腕を捕らえて、二人を引き連れていった。

「私ももう帰らせてもらおう」

上野介が言い、茶の代金を置いて、鬼勘たちのあとを追った。中に残ったのは身内を除けば仲蔵だけである。

「仲蔵さん」

喜八は立ったままの仲蔵に声をかけた。

「仲蔵さんが探しているのは藍之助さんなのだろうと、俺は思ってました。大恩ある人が大事に思っていた人だとおっしゃっていたから。けど、探していたのは寅次郎さん……竹寅さんの方だったんですね。富三郎さまは竹寅さんのことを大事に思っていたということですか」

「富三郎さまは皆を大事にするお方でしたよ。あっしも遠ざけられちゃいたが、恨んでなんかいやしません。今でもあの方は大恩あるお人です。竹寅のことも若いが気の利く奴だと、かわいがっておられました。鶴吉のことはあまり心配はしてなかったんですよ。あいつは上手に生きていくと思ってましたから。むしろ、うまくやれるか気になっていたのは竹寅でした。それがあったから、人探しの寅次郎の噂を聞いた時、何か引っかかったんだと思います」

　仲蔵は胸に溜めたものを一気に吐き出すように言った。

「仲蔵さんは江戸を出ていくんですか」

「……そうですな。もともとそのつもりでしたから」

　仲蔵は自分を納得させるように言った。

「竹寅も鶴吉も、重い罪にならなけりゃいいんですが……」

　それればかりは、もはやどうにかできることではない。仲蔵は寂しげな表情を浮かべていたが、江戸を去る前にはまた挨拶に来ると言い置き、帰っていった。

　仲蔵が去って間もなく現れたのは、儀左衛門と六之助、それに藤堂鈴之助の一行であった。

「あら、東先生にお前さん」

　おもんがその場の重く沈んだ雰囲気を振り払うような明るい声を出した。

「今日のお芝居、お疲れさまでした。うまくいったんでござんすか」

「ああ、短い間にしては何とかものになったというところやな」

と、儀左衛門が言う。

「何とかも何も、十分な出来栄えでしたよ。うちの役者は別として、喜八ちゃんと弥助ちゃんはまだまだ駆け出しなんですからね。短い間にせりふを覚えるだけでも大変だったでしょう」

鈴之助がにこにこしながら、喜八と弥助を愛おしそうに見る。

「そうなんですか。お前さんが言うなら、二人の演技はまあまあだったわけですね」

おもんの言葉に、鈴之助は「ああ、お前にも見せてやりたかったよ」と相変わらずご機嫌で言った。

「本当は喜八ちゃんには女形の役をやらせたかったけど、まあ、今回ばかりはまともな女の役が麗花しかなかったからね。仕方がない」

自分を納得させるように呟いた後、鈴之助は儀左衛門に目を向け、

「次の芝居では、喜八ちゃんに女形の役を頼みますよ。弥助ちゃんの女形も一度しっかり見てみたいしね。私が二回も先生の無理を聞いたこと、忘れないでくださいよ」

と、大真面目《おおまじめ》な顔つきで念を押した。

「ああ、分かっとる。そない何度も言わんでよろし」

と、儀左衛門がいささかうんざりした表情で応じた。

「何を言ってるんだ、叔父さん。俺たちは役者になるわけじゃないんだよ」

喜八は鈴之助に抗弁した。

「そんなことを言ったたって、喜八ちゃんはもう何度も舞台に立っているじゃないか。今日だって、私が麗花役を引き受けたのは、喜八ちゃんに間近で女形の演じ方を学んでもらういい機会と思ったからだよ。ところで、私の演技は役に立ったかい」

鈴之助が期待のこもった眼差しを向けてくる。そう言われても、こちらには学ぼうなどという考えはないのだから、そんな見方はしていなかったし、そもそも楚王の役を演じることで頭がいっぱいだったのだが……。

とはいえ、叔父の熱意を見せられると、そうそう無下にすることもできず、喜八は考え考え口を開いた。

「そうだなあ。舞台の上じゃ必死だったんで、あまりあれこれ考える余裕はなかったんだけど、叔父さんの麗花は何というか、ちょいと怖かったよ。そのう、女の執念というか、凄《すさ》まじいしたたかさっていうか。そうそう、最後は本当に逃げ出したい気持ちになったね」

「うんうん。役の心に自分の心を重ねてくってのは、役者にとっちゃ大事なことだよ。それが喜八ちゃんにはできたってことだろ。女役でないのが残念だけれども、何、次は女役をやっても、同じことができるようになる」

「いやいや、それは無理だろ。俺は男なんだからさ」

喜八が言うと、「それは違う」と鈴之助は大真面目に切り返した。

「私は女の役しかやらないが、舞台の上では女の心に自分の心を重ね合わせる。心の底から自分は女だと思うんだ。自分自身をも騙すくらいの強い信念が必要だよ。そうでなけりゃ、芝居を見に来たお客さんに嫌な思いをさせちまうからね。男が下手に化けた女の姿なんて、誰も見たいと思わないよ」

「そりゃあ、そうかもしれないけどさあ」

と、何となく納得させられたものの、

「それじゃあ、叔父さんはあの麗花って女の気持ちが分かるってことかい？」

と、喜八は改まって鈴之助に尋ねた。

「ああ、分かるよ。もちろん、想像して作っている部分はあるけれどね」

鈴之助はあっさりうなずく。

「そりゃあ、ふつうの女なら、俺だって何となく想像はできるよ。けど、あの役はだいぶ特別だろ。お姫さまってだけじゃなくて、好きな男を閉じ込めようとするなんてさ」

「好いた相手を独り占めしたいってのは、男にも女にもある気持ちなんじゃないかねえ」

「それは分からなくもないけどさ。あの女は相手の気持ちなんかまったく無視して、閉じ込めちまうんだぜ。あの女が楚王をまったく好いてなくて、ただ秦王のためにやったっていうなら分かる。惚《ほ》れた腫《は》れたの話じゃなくて、忠義の話だからさ。けど、あれで楚王を好きだって言い始めるから、わけが分からねえんだ」

「そうかねえ。私はああいう女の怖さはよく分かるように思うんだがねえ」

「ちょいと、お前さん」

その時、おもんが話に割り込んできた。

「お前さんが分かる女の怖さってのは、あたしのことを言ってるのかい？」

「え、いや、そうは言っていないよ。そりゃあ、役作りの時、いちばん身近なお前を思い浮かべることは多いけれどね」

鈴之助はたじたじになっている。

「ああ、そういや、叔母さん。叔父さんと夫婦《めおと》になる時、妾《めかけ》も浮気も絶対許さないって言ったんだっけ。そりゃあ、叔父さんも怖いよなあ」

喜八が言うと、その場にいた者たちが声を上げて笑い出した。その話は事実であり、鈴之助に妾はいない。浮気までは知らないが、おそらく一度もしたことがないのではないか。

「ささ、先生方。お席へどうぞ。お疲れでしょうから、ゆっくりしていってください」

おもんが儀左衛門たちを席へ案内し、百助と鈴之助も同じ席に着いた。

喜八と弥助は調理場で皆の料理を作ってくれている松次郎のもとへ行き、出来上がったものから順に席へ運ぶのに忙しくなった。それも一段落し、松次郎も含めてかささぎの店の者たちも、空いている席に着いた時、

「ところで、若旦那に弥助はん」

と、儀左衛門が言い出した。

「今回、若旦那に楚王役、弥助はんに屈原役をやらせた理由が分かってはるか」

「理由……?」

喜八と弥助は互いに顔を見合わせた。

「若旦那に屈原、弥助はんに子蘭をやってもらう手もあったのや。もともとはそない考えやったしな」

「それは、俺が屈原のせりふ回しが下手だったからじゃないんですか」

台帳書きのお手伝いをした時のことを思い出して、喜八は言った。

「下手というわけやないが、気持ちを込めるのが難しそうに思えたのは確かや。ほな、何で弥助はんには屈原の役をやれたか分かるか」

「そりゃあ、弥助が器用だからだろ」

喜八はそう言って、弥助を見る。弥助は妙な表情を浮かべていた。

「弥助はんはどない思う」

「いや、俺が器用かどうかはともかく、屈原の役はやりやすかったような気がします。どうしてかはよく分かりませんが」

「それは、楚王役が若旦那やったからや」

儀左衛門は静かに答えた。

「弥助はんは確かに器用なとこがある。屈原の役も子蘭の役も上手《うま》くこなせたやろ。とはいえ、さっき鈴之助はんが言うてはった、役の心に自分の心を重ね合わせる、そないな演技は弥助はんにはまだ早いと、あては思うとった。せやけど、今日の芝居ではそれができてはった。楚王から見放され、床を叩いて嘆くところや」

「あそこは確かに、役の心に役者の心が乗っていましたね。私にも分かりましたよ」

と、鈴之助が言い添え、弥助に優しい眼差しを向けた。

「弥助はんは楚王役が若旦那やから、若旦那からああして見捨てられた自分を想像して、あない演技ができたのや。もし楚王役が若旦那でなかったら、ああはいかへんかったやろ」

「それが、俺を楚王役に、弥助を屈原役に当てた理由なんですか」

「せやせや。思うていた以上の成果があった」

儀左衛門は上機嫌な声で言い、おもんの注いだ酒をぐいと呷《あお》った。

「さすがは先生。試みを見事に成功させたばかりでなく、若旦那と弥助さんの成長まで見越しておられたとは――」

六之助がすかさず儀左衛門を持ち上げるのもいつものことだ。

喜八と弥助は複雑な表情を隠せなかったが、他の人々はやんややんやと賑《にぎ》やかな声を立てながら、ささやかな宴《うたげ》の席を楽しんでいる。

「ま、いいか。俺たちもいただこうぜ、松つぁんの料理」

箸を取ることを忘れている弥助に、喜八は声をかけ、目の前のがんもどきを口に運んだ。

「んー、甘辛くていい味だ。冷たくして食べるのも美味いな」

喜八が食べ始めると、弥助も箸を手に冷ややっこを口に運んでいる。

「何か、東先生のいいようにされた感じがなくもないけど、とりあえず芝居はうまくいって、藍之助さんを狙ってた奴もつかまった。だから、万々歳《ばんばんざい》でいいんだよな」

「はい。藍之助さんもお芝居を通して、仲蔵さんや寅次郎さんの思いを理解したでしょうしね」

弥助がおもむろに言う。

「さっきの、叔父さんや先生が言ってた、役の心に自分の心を重ねるってやつだけどさ。俺も何となく分かるよ。俺もお前と同じように、床を叩いて嘆く場面があったけどさ。正しいことを言ってくれたお前、じゃなくて、屈原を見捨てたことを悔やむだろ。あん時、俺はお前を思い浮かべてた。ああ、俺は弥助を傷つけちまったんだな、弥助はどんなに失望しただろうって思ったら、本当に悲しくなってきちまった」

「先生は俺たちにやりやすい役を振ってくれたってことなんですかね」

「まあ、そうなんだろうけど、これからの俺たちにはどうでもいいことだよな。役者になるわけじゃねえんだし」

「まったくです」

と、弥助はすかさず言い、「酒をもっと持ってきます」と立ち上がって調理場の方へと向かった。

六

次に鬼勘がかささぎへ現れたのは、暦が六月になってからであった。梅雨が明け、夏の暑さが毎日厳しい時節である。

店の前には陽射しを遮《さえぎ》る日除《ひよ》け暖簾を掲げていた。

「いや、暑い、暑い」

店へ入ってきた鬼勘は扇子で顔を扇ぎながら、

「何か冷たくて美味いものを頼む」

と、席に着くなり言う。

「冷たいものなら、蕎麦《そば》などいかがですか。これに、冷たい茄子《なす》の焼きびたしなど合わせていただければ——」

喜八が言うと、鬼勘は迷うことなく「それを頼む」と言い出した。ついでに、冷たい麦湯をすぐに頼むというので、喜八は調理場へ行き、取って返した。

鬼勘はごくごくと麦湯を一杯飲み干すなり、

「例の件の処罰が決まった」

と、告げた。

「寅次郎こと竹寅は江戸所払い、藍之助は銭三貫文《ぜにさんかんもん》にて釈放となる」

「そうでしたか」

二人とも凶行には及んでいないので、島流しのような重い罰は下るまいと思っていたが、取りあえずほっとする。

「藍之助の支払う金は上野介殿が立て替えるそうな。藍之助は引き続き上野介殿の屋敷で働き、金を返すことになるが、まあ一生奉公になるだろう」

それは、藍之助自身の望みでもあるだろうから、この決着を喜んでよいのだろう。

「竹寅については、あのまま反省もせぬのではもっと厳しいお仕置きになりかねなかったが、ようやく心を入れ替えたのでな。まあ、何とかなったというわけだ」

「あの竹寅さんがよく心を入れ替えましたね。上野介さまの説得をも、素直に聞くふうには見えませんでしたが」

「そこは、竹寅が恐れ入る相手に説得してもらったのよ」

と、鬼勘はやや得意げな表情を浮かべてみせる。

「竹寅さんが恐れ入る相手とは誰ですか。富三郎さまという方はもう亡くなっているんですよね」

　富三郎以外にそんな相手がいるのか、と喜八は首をかしげた。

「実は、佐山家には富三郎の弟がいてな、冬四郎《とうしろう》という。佐山家は一度取り潰しになったのだが、今はこの冬四郎が当主となって御家人《ごけにん》の家格で再興された。この冬四郎に竹寅の説得を頼んだところ引き受けてくれたのだ。冬四郎は亡兄と違って真面目な男だが、亡兄に心酔していた男たちのことは心に残っていたそうな」

　富三郎の面影を宿した冬四郎から諭されると、竹寅は泣きながらもう殉死のことなど考えない、と誓ったという。富三郎のあとを追って死なかった仲間のことをもう恨みはしないし、鶴吉（藍之助）に対しても悪いことをしたと口にした。それをもって、江戸所払いの処分で済んだのだということであった。

「これで、仲蔵も間もなく日野へ発《た》つであろう。あの二人の処分を見届けるまでは、と申していたからな」

　と、一通りのことを語り終えた鬼勘は一つ息を吐いた。それから、少し表情を引き締めると、

「少し耳を貸せ」

　と、いきなり言い出す。妙なことを——と思いながらも、喜八は鬼勘の前の席に座り、

身を乗り出した。

「竹寅がな、おぬしに伝えてくれと申していた。巴屋の主人仁右衛門のことだが、昔の仁右衛門を知る者は皆、口をそろえて、こう申したそうだ。背が高くひょろりと痩せた、顔の長い男だと――」

「え……」

喜八は思わず声を出した。喜八の知る仁右衛門は中肉中背で、押し出しのよい男だ。顔の形も決して縦に長いわけではない。

「おぬしも心に留めておくがよかろう。私も引き続き調べてみる」

と、喜八の耳もとから顔を離して、鬼勘は告げた。

（まさか、あの男は仁右衛門ではないというのか。別人がその名を騙《かた》っているとでも？）

だが、人探しの寅次郎はもういない。

鬼勘は前にもうこれ以上は調べようがないと言っていたが、この話を聞き、放置しておくわけにはいかないと思ったようだ。ならば、取りあえずは鬼勘の調べが進むのを待つしかないだろう。

鬼勘がもう行けと言うので、喜八は鬼勘の席を離れた。

調理場で弥助にそのことを伝えると、厳しい表情になり、「親父にも伝えておきましょう」と言った。ひとまずは、今できることは他にはなさそうである。

その後、鬼勘の注文の品がそろったので、弥助が席へ運んだ。

「おお」

鬼勘は声を上げ、さっそく蕎麦を啜《すす》り出した。合間に口へ運んだ茄子の焼きびたしはいたく気に入ったらしく、

「夏は冷たい茄子の焼きびたしが最高だ」

と、他の客にも聞こえるような大声で言い置くと、上機嫌で帰っていった。


仲蔵がかささぎへ現れたのは、その翌日の朝五つ半（午前九時頃）――店を開けてすぐの、他の客が誰もいない時分のことであった。仲蔵はすでに旅支度を調えている。

昼餉《ひるげ》にはまだ早いので、仲蔵は冷たい甘酒を一杯注文し、

「これから、江戸を離れて故郷の日野へ戻ります」

と、告げた。

「そうですか。道中お気をつけて」

喜八と弥助は共に別れを惜しんだ。

「竹寅への言づてをね、お役人に頼んだんですよ」

と、仲蔵は問わず語りに語り出した。

「竹寅は釈放からすぐ江戸を出されるそうなんで、それが今日だと聞きました。だから、

こう伝えてもらったんです。よければ一緒に日野へ行ってやり直さないか、そのつもりがあるなら、今日の日が暮れるまで四谷大木戸《よつやおおきど》で待つ、と――」

「そうだったんですか。それじゃあ、これから四谷へ向かわれるんですね」

「へえ。甲州街道《こうしゅうかいどう》を下っていくつもりですので」

仲蔵は甘酒を飲み終えると、菅笠《すげがさ》を手に立ち上がった。

仲蔵に託すものを持って見送りに出ようとした時、「若、ちょいと」と調理場から松次郎の声がかかる。そちらへ顔を出すと、松次郎がさっと差し出してきたのは、笹の葉に包まれたちまきであった。

「今日一日くらいはもつでしょうから、仲蔵さんへ」

大急ぎで作ったらしく、飯がまだ温かい。昼餉に出すつもりで準備していたのだろうが、二人分はゆうにあるだろう。

「竹寅さんの分もありそうだな」

松次郎はかすかにうなずくだけであった。

喜八は紐《ひも》で器用に結びつけられたちまきを持って、急ぎ店前《たなさき》に出た。仲蔵と弥助が喜八を待つふうにしている。

「仲蔵さん、これを持っていってください」

喜八は仲蔵にちまきを渡した。

「……ありがとうございます」

仲蔵は二人分のちまきをじっと見つめ、礼を言った。

「竹寅が来るかどうかは五分五分だと思ってました。正直、来ないんじゃないかと思う気持ちの方が大きかったかもしれません。けど、このちまきを見た時、なぜか竹寅はきっと来るっていう気がしてきました」

仲蔵は明るい声になって言い、

「これは竹寅に食べさせてやります。竹寅の分もお礼を申します」

深々と頭を下げた。

「それでは、これも竹寅さんにお渡しください。頼んでいた仕事の謝礼です」

喜八は用意してきた竹寅――人探しの寅次郎への礼金を託した。会えなければ、そのまま持っていってくれと仲蔵に言うつもりだったが、それは言わなかった。今は喜八自身も二人はきっと再会できるという気がしている。

「鶴吉がまたこの店に来ることがあったら、元気でやれとお伝えください。まあ、あいつについちゃ、さほど心配はしてないんですが」

「分かりました。お伝えしておきます」

「あいつがあっしのことを屈原みたいだと言ってたって聞きました。生憎《あいにく》、若旦那たちが出られた屈原の芝居は見てないんですが、屈原の話は知ってます。けどね、あっしは屈原みたいに田舎へ行きますが、屈原のように世を憂えて死にゃあしません。これからは、あの大弾圧で拾った命、思う存分使ってしぶとく生き抜いてやるつもりなんで」

仲蔵の顔に初めて笑みが浮かぶ。

「ぜひそうしてください。お体にお気をつけて」

喜八も明るい声で言った。

「へえ。かささぎの皆さんもお健やかに」

仲蔵は菅笠の位置を直すと、芝居小屋と反対の方へ向けて歩き出した。

「行っちまったな、江戸の屈原さんがさ」

喜八がぽつりと呟くと、「そうですね」と弥助が応じる。

「ですが、屈原とはもう少し付き合わなくちゃいけないようですよ」

「どういうことだよ」

「東先生、あの屈原のお芝居、もう一度練り直すと張り切っていましたから。また、俺たちにお手伝いさせるつもりですよ、あの先生」

お手伝いでは、さまざまな役をやらされることも覚悟しなければならない。喜八が楚王、弥助が屈原——それぞれやりやすい役だけをやらせてもらえるわけではないのだ。

場合によっては、鈴之助の演じていた悪女、麗花をやらされることもあるというのか。

「まったく。俺はこの茶屋をでっかくすることの方が大切なんだがね」

喜八は店前の日除け暖簾に手をかけながら溜息を吐《つ》く。芝居で誰かを演じるのが嫌というわけではないが、やはり何より大切に思うのはこの茶屋のことだ。

「巴屋のこともありますから、用心も必要です」

「そうだな」

喜八は巴屋の方へ目を向け、気を引き締めた。

「調べるのは鬼勘や百助さんたちに任せるとして、俺たちは小茶屋ながらも、妨害に負けない手を講じなけりゃならねえ」

「そのためには、うちの茶屋がどうあってもこの木挽町に必要な茶屋、お客さんたちから求められる茶屋になりませんと」

「よし。それじゃあ、まだ客も来ねえし、中に入って知恵をしぼろうか」

喜八がそう言った時、日除け暖簾の向こうからひょいと顔を出したのは、おあさであった。

「こんにちは、喜八さん、弥助さん」

と、明るい声で挨拶する。その後ろから、おくめも顔を出して、ぴょこんと頭を下げた。

「おや、今日はえらく早いんだね」

「昼間に出歩くのは暑くてたまらないから、買い物を朝のうちに済ませようと思って」

おあさは儀左衛門から頼まれ、紙屋へ行くところだという。

「ところで、今、喜八さんたちが話していること、聞こえちゃったの。かささぎをこの木挽町になくてはならない茶屋にしたいのね」

「まあ、そうだけど」

「今でも、お二人が運び役をするかささぎは、木挽町になくてはならない茶屋だと思うけど、それをもっと確かなものにしたいなら、あたしにいい考えがあるの」

「いい考え？」

喜八は目を瞠《みは》り、とりあえずおあさとおくめを店の中へと案内した。

「いい考えっていうのはね」

おあさは注文するよりも先に、指を一本立ててにっこり微笑《ほほえ》む。

「喜八さんと弥助さんがお芝居に出てるってことを、もっと前に押し出すの。役者が運び役をやってる茶屋、役者に会いに行ける茶屋にするのよ」

「役者に会いに行ける茶屋？　けど、俺たちは役者じゃないんだぜ」

喜八は仰天したが、「もう役者みたいなものよ」とおあさは元気よく言う。

「それでね、舞台で着た衣装をこのお店でも着るの。お客さんから求められたら、ちょっとせりふも言ってあげたりすればいいわ。それだけで、お客さん、山のように集まるわよ」

「あたしもそう思います！」

おくめが昂奮した面持ちで言う。おあさとおくめは期待に目を輝かせていた。喜八と弥助は目を見交わし、やれやれと溜息を漏らした。

時代小説文庫
し 11-17

菖蒲《しょうぶ》ちまき 木挽町《こびきちょう》芝居《しばい》茶屋《ぢゃや》事件帖《じけんちょう》

著者 篠《しの》 綾子《あやこ》

2023年1月18日第一刷発行

発行者 角川春樹

発行所 株式会社 角川春樹事務所
〒102-0074 東京都千代田区九段南2-1-30 イタリア文化会館

電話 03(3263)5247[編集] 03(3263)5881[営業]

印刷・製本 中央精版印刷株式会社

フォーマット・デザイン&
シンボルマーク 芦澤泰偉

ISBN978-4-7584-4535-1 C0193

http://www.kadokawaharuki.co.jp/[営業]
fanmail@kadokawaharuki.co.jp[編集] ご意見・ご感想をお寄せください。